Le pays de l'absence

Christine Orban

Le pays de l'absence

ROMAN

Albin Michel

Pour maman

– J'ai ramassé un petit animal dans la rue, à moitié mort, il se réfugiait sous une voiture. Il avait faim, il avait froid, les jeunes Marocains qui habitent en face lui lançaient des pierres…

À l'autre bout du fil, maman pleure à chaudes larmes en me racontant cette histoire.

– C'est affreux, tu l'as donc recueilli ?

– Oui.

– C'est un chien ?

– C'est peut-être un chat, on ne sait pas…

– Comment on ne sait pas ? Tu ne fais pas la différence entre un chien et un chat ?

– Il est tout petit. On ne sait pas ce que c'est…

On ? Avec qui peut-elle hésiter ?

Bon.

– Je vais l'emmener chez le vétérinaire pour qu'il me dise…

Maman est arrivée miraculeusement le lendemain à Paris.

Elle a passé les douanes, pris l'avion, accepté l'aide qui lui était offerte. Je suppose qu'elle s'est tenue tranquille, le regard dans le vague, les mains croisées sur les genoux, qu'elle n'a pas lu de romans ni de magazines, qu'elle s'est nourrie des caramels mous qui emplissent son sac à main. Elle est vêtue avec soin, pas du tout comme quelqu'un qui perd la raison. Ses clips sont lourds, mais chic, genre Chanel, je me demande comment elle a supporté ce poids aux oreilles pendant le vol. Elle s'assoit en face de moi.

Tandis qu'elle parle, maman, les larmes lui montent aux yeux, elle reprend la conversation là où nous en étions restées la veille au téléphone, sans demander de mes nouvelles, sans me laisser le temps de m'inquiéter des siennes.

– Tu sais, dans ce pays ils n'aiment pas les animaux, dit-elle dans un sanglot. Dieu merci, je l'ai recueilli, ils l'auraient tué…

Elle me parle en caressant une drôle de petite chose qui sort de sa manche.

– Tu l'as emmené ?

– Je l'ai caché dans mon sac, il est si petit…

– Dans ton sac ?

– Regarde, il a peur, il est dans ma manche…

– Dans ta manche ?

Je me penche quand je vois apparaître la tête chauve d'un petit singe beige, pas plus grand qu'une main.

Elle le berce entre ses bras pliés contre sa poitrine, le visage penché, attendrie comme si elle tenait un enfant.

– Il faut que je l'emmène chez le médecin.

– Mais maman, c'est un animal en peluche !…

J'insiste sur le dernier mot. Je ne crie pas, mais ma voix est plus forte ; je prononce : « pe-lu-che » en articulant, en détachant chaque syllabe. Maman entend, mais je ne sais pas si la signification du mot est parvenue jusqu'à son cerveau.

Maman est devenue folle ? Je suis désemparée. Un instant, j'hésite à lui parler, à la ramener dans la vie réelle. Les larmes me montent aux yeux, je n'ai pas vu maman depuis trois mois, une amie m'avait prévenue que cela n'allait pas fort, mais qu'est-ce que cela veut dire : « cela ne va pas fort », au téléphone ? Mis à part les mêmes incohérences, rien de nouveau n'était à signaler. Maman ?

Maman n'a pas l'air malheureux. Elle pleure, mais elle aime bien pleurer, la preuve, elle s'invente une histoire triste.

Je tente de la sortir de là. Je ne sais pas si c'est une bonne chose ou non. Je ne sais pas si elle va me demander de la laisser tranquille ou si elle va être plus bouleversée encore en s'apercevant qu'elle berce une peluche.

Je ne sais pas.

Je doute. Je suis seule. Je parle doucement, je l'appelle, je dis : « Maman, maman… maman. » Elle a le regard embué… Elle relève la tête péniblement, comme si je la réveillais.

Je dis très doucement : « Maman, c'est une peluche… »

Maman ne veut pas m'écouter, elle reprend de plus belle : « Ils lui jetaient des pierres… »

Elle sanglote : « Finette n'avait ni bu, ni mangé depuis plusieurs jours. »

La leçon de bridge

Elle est encore belle, ma mère.

Ses cheveux sont relevés en un chignon à moitié défait, ses traits sont lisses et reposés, ses combats internes ne se lisent pas sur son visage. Pas vraiment. Il faut être attentif, la regarder longtemps pour voir quelque chose d'étrange dans son regard, quelque chose de difficile à qualifier, une absence ? Le regard de quelqu'un qui ne vous voit pas.

Dans cet ensemble en mailles marron, jupe droite et cardigan à col rond, on pourrait imaginer une femme dynamique et coquette.

Elle a soixante-treize ans.

Elle est mince, le visage à peine poudré, elle ne met plus de crème de beauté ; elle ne porte presque plus de bijoux, mais elle a gardé ce geste vaste et élégant du poignet gauche comme du temps où elle portait une gourmette à breloques.

Elle a gardé aussi cette façon de balancer la tête

en arrière quand elle riait. Mais elle ne rit plus, plus comme avant. Sa voix retentit, mais diffuse un son différent, un rire sans gaieté.

Maman, où es-tu ?

Si on ne la connaît pas, maman, on pourrait croire qu'elle est là, bien dans sa tête, au point de s'y tromper. On pourrait le croire s'il n'y avait pas cette peluche, qu'elle ne quitte pas, sur ses genoux.

Moi, je sais.

Je l'ai su en la voyant, avant même qu'elle me parle de Finette.

Maman n'est plus dans son regard.

Elle est assise en face de moi, mais son regard est parti. Même lorsqu'elle me fixe, elle ne me voit pas. Pas comme avant. Je ne sais pas ce qu'elle voit à présent.

Elle ne peut plus soutenir mes yeux posés dans les siens, elle s'échappe tout le temps : le plafond, le chien, le pain sur la table.

Elle regarde à côté, pas sa fille. Elle sourit. Soudain, elle n'a plus l'air malheureux. Elle a oublié l'histoire des pierres jetées sur le chien. Elle passe du malheur au bonheur en un clin d'œil ; des larmes aux rires. Maman est une image, un pastel, elle n'habite presque plus l'atmosphère ; elle est si mince, si fragile sur ses pieds qu'un souffle pourrait la renverser. D'ailleurs, elle ne sort plus. Elle a peur du dehors. Elle a perdu le nord. Elle n'a plus de repères. Elle ne se sent bien que chez elle, à Casa, ou chez moi à Paris, et encore, il lui arrive de se perdre : « Tu vas rire, mais je ne retrouve plus ma chambre... », et elle tourne sur elle-même, étourdie comme si elle descendait d'un manège.

Elle a peur.

Elle a toujours eu peur. La peur est partout maintenant. Le gaz dans la cuisine, le feu, le froid, les voleurs, le bruit.

Elle ferme, elle verrouille, elle a froid ; toujours froid, même en été elle tremble. Tout ce qui vient de l'extérieur est mauvais, même les gens. Depuis quelque temps, elle n'en a plus besoin.

Championne de bridge, elle l'est restée dans sa tête. « J'ai été première ! » Je me souviens de son intonation enfantine, il n'y a pas si longtemps, pour m'annoncer ses performances, comme une môme annoncerait son classement à sa maman. Première ! C'est très bien maman. Alors elle insistait : « Tout le monde veut jouer avec moi ! »

L'an dernier, les choses ont commencé à se gâter ; en l'accompagnant à son club, j'ai eu la même impression que le jour de la rentrée des classes, lorsque je déposais mes enfants en maternelle ; le même regard désespéré de petite fille que l'on abandonne et cette envie, à peine contenue, de me courir après pour attraper ma jupe : « Ne me laisse pas », disaient ses yeux.

Depuis toujours, il fallait la forcer, lui prendre la main, pour aller de l'avant, pour qu'elle tente des choses difficiles pour elle.

Il fallait la forcer pour l'avion, pour les cours de bridge, pour lui présenter l'homme qui deviendrait son second mari.

Allez, je te dépose, allez, maman, courage…

Je vais essayer encore une fois de la traiter comme une personne valide, une femme de soixante-treize ans, pas vieille du tout, qui se rend à son club, qui vit une vie normale de femme de son âge, qui s'intéresse aux choses, qui aime jouer aux cartes.

À tout à l'heure ! Oui, je reviens te chercher, non, je ne t'oublie pas… et je la laissai entre les mains de l'affable directeur au pantalon rouge et à la cravate tricotée.

À peine arrivée à la maison, la sonnerie du téléphone a retenti : « Le directeur du club de bridge, à l'appareil… M. de la Fortel. »

La voix a perdu de son affabilité, le ton est plutôt courroucé, cavalier, presque.

Mon cœur se mit à battre :

– Maman a eu un malaise ?

– Non, mais je crois qu'il vaut mieux que vous veniez la chercher...

Puis une pointe de méchanceté dans l'intonation :

– Elle est incapable de suivre les enchères...

– Pourriez-vous lui donner une leçon ?

Un petit rire cruel, impatient et moqueur à la fois, résonne dans le combiné : « Je crains, madame, que nous n'en soyons plus là... » À l'obséquiosité de ce *madame*, exécrable, appuyé, s'enchaînent quelques phrases sèches : « Elle ne peut même plus tenir les cartes ! Dépêchez-vous », a-t-il ajouté.

J'ai raccroché, les larmes aux yeux. Maman avait raison, ce type, malgré ses habits du dimanche, était affreux, elle n'avait perdu ni son sens de l'observation ni son intuition.

Je me suis dépêchée, comme il me l'avait conseillé. Elle m'attendait, penaude, un peu honteuse, assise sur le banc de l'entrée. Je suis arrivée, les lèvres étirées en un sourire exagéré, pour bien lui montrer que cela n'était pas grave, mais elle ne répondait pas, non, elle semblait accablée, depuis quelques années rien n'était plus important que le bridge dans sa vie.

Elle reniflait, perdue dans ses pensées. Elle reniflait à la recherche d'une excuse, elle qui m'avait toujours raconté qu'elle était championne de bridge.

J'ai acquitté sa participation, comme si elle avait

joué. Le directeur, très homme du monde, voulut m'entretenir de ma mère. Je savais ce qu'il voulait me dire, mais je ne le lui permis pas. Je ne voulais pas l'entendre de sa bouche. Il insistait et parvint à me glisser quelques mots douloureux : elle n'est plus en état de jouer ni de suivre des cours... Je tournai les talons, pris ma mère par le bras et toutes les deux, sans nous être consultées, avons quitté l'établissement, la gorge serrée mais altières.

À peine sur le trottoir maman éclata en sanglots :

– Tu sais, ils n'ont pas été gentils avec moi.

Oui, je sais.

– Je n'ai pas mal joué, nous n'avions pas les mêmes conventions, pas les mêmes enchères. Au Maroc, on joue la belote bridgée, le goulasch, ici je ne sais pas ce qu'ils jouent.

Oui, je sais.

Je ne dis pas qu'avant, elle aimait jouer dans ce club, qu'elle était fière que M. de la Fortel la sollicite.

– Et puis, j'avais peur. Il y avait un gros chien qui bavait et qui me regardait.

Elle pleurait comme une petite fille humiliée. Pour la consoler, je trouvai les mots que les mères disent aux enfants dans ces cas-là :

– Ça va aller, ça va aller...

Puis, pour me montrer qu'elle n'était pas aussi

affaiblie que le directeur le prétendait, elle a utilisé des termes techniques : ouverture, enchères, le donneur parle en premier, annonce, parole ! « Ici, ils ne jouent pas comme ça ! Je te jure ! »

C'est la raison pour laquelle elle n'a pas été acceptée. Voilà. Petit regard en coulisse pour vérifier que je la crois. C'est important que je la croie. J'opine de la tête, sans réserve. Le bridge demeure sa plus belle conquête, sa dernière fierté.

« Tu devrais jouer toi aussi… » Elle a toujours eu envie de m'entraîner sur son terrain et celui-là lui semblait le seul digne de moi : « On dit que c'est le plus intelligent des jeux. Que les bons joueurs sont tous très intelligents. »

Elle sait que je n'aime pas les cartes, que je préfère lire ou me promener que rester des dimanches entiers assise à taper le carton. Je ne le lui dis plus de peur de la vexer. Je l'approuve. Je vais essayer de m'y mettre…

Maman était assise à côté de moi, elle évitait de son buste les autres voitures, de ses hanches les autobus, les bicyclettes. Elle copilote toujours. « Tu vas trop vite », dit-elle alors que je roulais à quarante à l'heure. « Maman, on cale si je ralentis… »

Elle dit : « Attention ! » à chaque instant. Souvent, nous nous sommes disputées à cause de ce mot. Je sais maintenant que cela ne sert à rien. « Attention !

au vélo, au camion, au passant... Attention à la vie... »

Ce mot a bercé ma jeunesse. Un peu comme le refrain d'une chanson. J'ai été élevée avec ce mot-là : attention. Avec l'idée que le danger rôdait autour de nous : tout était périlleux, les guêpes, les voitures, le soleil, la nourriture, les pépites du marchand ambulant, les piroulis et les bazookas, ces énormes chewing-gums roses emballés dans une blague que vendait l'épicier du coin. Forcément, elle exagérait, la vie ne pouvait être cette série d'embûches. Alors, j'en déduisais qu'il fallait braver les guêpes, les piroulis, le maïs grillé à l'eau de mer pour m'affranchir...

« Donne-moi mon livre de bridge », m'a-t-elle ordonné à peine arrivée dans sa chambre.

Et elle s'est allongée sur son lit, le livre tout abîmé entre ses mains, serré tel un missel qu'elle avait jadis tant potassé pour briller au Sun Beach, son club à Casablanca.

Le bridge, c'est son diplôme, son identité, elle s'y cramponne. Le jour où elle lâchera, je saurai que la fin approche. Elle marmonne : « Ils sont mal élevés, ces Français... »

Maman adore les généralités : les Français, les Espagnols, les Italiens, les Arabes... La vie est plus simple ainsi. Je ne la reprends plus, je ne lui dis plus : « Maman tous les Français ne peuvent être de mauvaise humeur, tous les Italiens des dragueurs... » Mauvais signe. Capitulation. Cela ne sert à rien de la reprendre. Son mode de pensée, ses craintes, ses expressions sont inscrits dans sa tête, vissés, boulonnés, fermés, imperméables à la moindre suggestion, réfractaires à la moindre inflexion.

« J'étais juste un peu fatiguée... » Maman se cherche encore des excuses.

Maman et moi venions de subir notre premier affront. Et nous étions là, face à face dans sa chambre, moi à lui mentir, elle à se surestimer encore un peu. Le téléphone sonne, on ne répond pas, on se fiche de ce que peut penser M. de la Fortel. Nous on sait, on est plus fortes, libérées du regard de l'autre. Le téléphone peut sonner, on ne décroche plus.

Premier repli dans la vie. Dans sa tête, maman remporte encore des tournois ; dans sa tête, ses amies viennent encore prendre le thé. Dans sa tête, elle gagne, elle sort, elle nage, alors qu'elle déteste l'eau. Le soleil ? Non, toujours pas, elle ne l'a jamais aimé, il donne des taches, elle se souvient encore de l'eau de rose qui lui en colla quelques-unes sur une joue. L'eau de rose est un ennemi aussi grand que Mme Bartolo qui ne vient pas. Mme Bartolo est à Casa, nous sommes à Paris, elle ne peut pas venir. Je le répète plusieurs fois par jour. Cela ne suffit pas. Mme Bartolo lui manque parce qu'elle lui demandait des conseils sur sa vie. C'était valorisant. Comme le bridge.

J'ai mis longtemps à ne plus me battre, à ne plus la reprendre quand elle se trompe, quand elle déforme les noms, quand elle invente, j'ai mis longtemps à dire : « Tu as raison », à dire : « Oui, maman. » Peut-être lui avais-je tenu tête parce que je n'avais jamais été légère.

J'aurais voulu être une enfant ; juste un peu, juste pour voir. Je voulais le devenir à vingt ans, à trente ans, puis à quarante et encore il n'y a pas si longtemps.

Comment renoncer ? Comment m'avouer : « Ce n'est ni ton destin, ni ton histoire d'être une enfant qui s'appuie sur ses parents, qui se réfugie dans une chambre pleine de souvenirs et de jouets… »

J'ai mis longtemps à abandonner.

Longtemps, à cesser de revendiquer ma part.

Maman, accrochée à son livre, regarde le plafond. Mes pensées se bousculent. J'ai envie de lui dire en vrac, comme si je craignais que bientôt elle ne m'entende plus, lui dire tout ce qu'elle ne savait pas. Paris, mes débuts, le sentiment de solitude, le déracinement, le besoin de me lancer des défis. L'abandon du notariat, la décision d'écrire, irrépressible, le sentiment que ma vie serait ratée si je n'osais pas, oser malgré tout. Je voulais lui raconter mon arrivée dans la capitale, cette sensation d'être étrangère partout et qui ne m'a jamais quittée depuis... Les malentendus, les jugements, les joies, les refuges, les pièges, ceux dans lesquels je tombe, les facilités. Est-ce trop tard ? Trop tard déjà ? La vie passe, la vie est passée. Maman est restée une enfant et moi je suis devenue cette adulte vacillante, sans socle, sans racines.

Le rendez-vous manqué

Un jour un psy m'a demandé : « Qu'est-ce qui s'est passé dans votre enfance ? » Comme s'il y avait quelque chose à découvrir. Est-il trop tard pour interroger ma mère ? Quelques semaines avant Noël, une journaliste me proposa de nous interviewer pour un ouvrage sur les relations mère-fille. Ma première réaction fut de refuser. Ma mère n'est pas le genre à l'aise et qui raconte sa vie. Elle peut m'embarrasser en racontant que le jour de ma naissance, l'obstétricien en me découvrant s'était exclamé : « Oh ! la jolie rose. » Elle me l'a souvent répété. Mais, peut-être l'a-t-elle oublié. Elle peut dire que certaines de mes rédactions étaient lues à voix haute en classe et se mettre à pleurer tant elle était fière, elle peut dire que dans les magasins je choisissais toujours les plus belles poupées alors que ma petite sœur se contentait des plus modestes.

Puis, j'ai fini par y voir une occasion de parler :

– Qu'est-ce qu'elle nous veut cette femme ?

J'expliquai sans conviction...

– Mais pourquoi veut-on me poser des questions ? Et quel type de questions ?

– Des questions sur mon enfance, maman, sur notre relation...

– Mais qu'est-ce que tu veux que je réponde ? Je ne sais pas moi. Tu me diras quoi dire ?

Quoi dire sur moi ? Je ne peux pas dépeindre l'enfant que j'ai été, je ne peux pas parler de moi comme si j'étais ma mère. Ne me demande pas de te souffler les mots, pas ça. Je veux bien être ta mère puisque je n'ai pas le choix, je ne peux pas être la mienne.

Silence.

J'ai une mère, mais elle ne pense rien de moi. Elle ne sait pas raconter mon histoire, à quel âge j'ai marché, à quel âge j'ai parlé, ma première dent, ma première rédaction, si j'étais précoce ou pas. Je me sens orpheline. Si je n'intéresse pas maman, comment pourrais-je intéresser les autres ?

Je n'ai jamais imaginé qu'elle puisse participer à quoi que ce soit, qu'elle puisse montrer de l'énergie, de l'enthousiasme. Non. Pas un instant, je n'ai imaginé que je pourrais évoquer avec elle des souvenirs heureux.

Maman ne s'est pas mélangée à ce qu'elle appelle «mon monde». Le jour de mon mariage, elle est restée en dehors du groupe, à l'écart des invités, des conversations, elle n'a pas saisi notre dernière chance, l'occasion de s'intégrer, de connaître un nouveau milieu : découvrir un univers différent ne l'intéressait pas. À moins qu'elle n'en fût plus capable.

Après avoir été attristée de son absence, j'en fus soulagée et, bien sûr, coupable. Je me consolai en me disant que nous aurions montré le triste spectacle d'une mère qui ne se souvient pas de son enfant, qui n'en pense rien, et d'une fille qui ne s'en remet toujours pas.

Maman promit, agacée : «Puisque tu insistes, je vais venir...» Je m'occupai des billets d'avion, mais elle repoussait son départ, j'ai dû remettre dix fois le rendez-vous, avec cette impression d'abandon, de découragement et de fatalité.

J'ai pris conscience de l'état de ma mère, à cause de ce projet.

Je ne savais plus quoi prétexter : pourquoi ma mère ne venait pas ? Elle n'avait rien de mieux à faire.

La peur de l'avion n'était plus en cause, ni la mauvaise volonté, ni le désintérêt, mais quelque chose de plus inquiétant : ses pertes de mémoire. « De quoi il s'agit ? » me demandait-elle, inlassablement.

Pourtant, dans ce brouillard ambiant, maman a encore des moments de bon sens, de bon sens adapté à la question que je lui pose, pas ces automatismes qui surgissent de temps à autre… juste avant qu'elle replonge.

Ses questions incessantes : « Je pars quand ? On est quel jour ? C'est quand l'été ? Noël, c'est passé, tu es sûre… », ont débuté à ce moment-là.

Au début, je m'insurgeais, et la pauvre s'excusait, elle disait : « Je perds un peu la boule, mais c'est normal à mon âge… »

Les épaules de maman ont renoncé en premier. Elle ne les tient plus droites. Le ventre aussi a lâché. Comme une marionnette qu'aucun fil ne soutiendrait, elle s'est affaissée. Maman est mal fagotée, ses vêtements glissent : la fermeture tourne sur son ventre, le pan de sa jupe se coince dans l'élastique du collant.

Comment se débrouille-t-elle ? Son châle traîne d'un côté.

Est-ce cela la vieillesse ? Se tordre ? Maigrir, mais pas là où il faudrait ? Se voûter. Maman se tient mal. Une épaule de travers, plus haute que l'autre. Quel est ce corps transformé ?

Elle aimait séduire. Elle minaudait. Elle employait des mots inappropriés, des attitudes empruntées, et je ne la reconnaissais plus dès qu'il y avait un homme.

Ai-je traversé des années de déprime parce que ma mère minaudait ?

Parce que ma mère voulait ressembler à une petite fille, pour cette raison elle refusait sa place et prenait la mienne ?

Peut-être avais-je envie d'être une enfant avec des rires, des blagues et de la légèreté ; pas très longtemps, juste pour voir comment c'était l'insouciance des gamines. Ma mère était trop gamine elle-même pour me le permettre. Elle pouvait chanter devant mes amis. Elle était sans limites. Cela pouvait dégénérer. Je me suis donc résignée.

Cela n'aura pas été notre histoire.

Tu étais trop jeune quand je suis née. Tu avais vingt ans. Tu avais encore envie de t'amuser. Tu n'étais pas prête pour être mère, il te manquait ton lot de frivolités. Je suis arrivée trop tôt. Tu ne m'as pas élevée, tu t'es élevée avec moi. Je me souviens comme cela te plaisait quand on nous prenait pour des sœurs, quand mes amis te courtisaient. J'entends encore tes rires. D'ailleurs, tu flirtais avec l'un d'entre eux.

Rodolphe était ton préféré. Peut-être parce qu'il portait une barbe, possédait une grosse cylindrée et avait l'air plus âgé que les autres. Un jour, Rodolphe avait garé sa moto sur le trottoir devant la maison. Il venait pour toi. Mon amoureux ne l'a pas cru. Il a rompu. Tu riais. Je pleurais.

J'avais le mauvais rôle, je devais jouer le tien puisque tu prenais le mien. Je te réprimandais : tu ne devais pas te comporter ainsi, pas devant la maison. Tu m'as rendue responsable avant l'âge.

Tu m'as forcée à partir, tout en me demandant de rester.

Mais comment écouter une mère qui flirte avec mes amis ? Je ne pouvais que te contredire, devenir responsable de toi.

Pourquoi cette relation prendrait-elle fin avec l'âge ? Finalement, tu aimes bien t'appuyer sur moi.

« Ma fille est forte », « Ma fille est capable de tout », voilà ce que tu dis à tes amis.

La part de magie que tu m'accordes te rassure. Elle m'oblige.

Tu y crois, tu te laisses porter, tu as en moi cette confiance aveugle des nourrissons, et encore, certains craignent l'absence ; toi non, tu ne crains rien en ce qui me concerne, pas même la mort.

D'ailleurs, quand tu m'appelles, tu ne demandes pas de mes nouvelles ; tu me parles de toi. Tu ne me dis jamais : « Comment vas-tu ? » Non, jamais.

Tu affirmais : « Jamais je ne pèserai sur mes enfants. »

Je me souviens lorsque tu as prononcé cette phrase, je m'en souviens parce qu'elle me semblait louche.

Pourquoi une mère dirait-elle cela à de jeunes enfants, si elle ne redoutait pas le contraire ?

Je m'occupe de tes papiers, tu ne sais même plus que cela existe les papiers, ni l'administration, ni les impôts, ni les assurances, ni la retraite, que des mots barbares. Tu as toujours ignoré ce type de courrier, moi aussi, mais je n'ai plus le choix. Je paie ton loyer. J'engage des femmes pour prendre soin de toi. Normal. C'est ainsi que cela doit être.

Tu me dictais « la poule et ses poussins… » le soir sur la table de la salle à manger. Tu as été une maman pour l'orthographe, mais en classe l'orthographe n'a jamais été mon fort. Il était le tien. Tu savais écrire les mots les plus compliqués du dictionnaire, tu connaissais toutes les règles de grammaire, les conjugaisons non usitées, tu pouvais tourner des phrases avec emphase, prendre un accent précieux qui nous faisait rire. Tu étais cette suite de paradoxes.

Maman, est-ce que je peux te parler ou il est trop tard ?

Il est trop tard ce soir ou il est trop tard pour toujours ?

Maman dort et soudain respire bruyamment, je m'éclipse.

Il est minuit

Minuit. Tandis que je travaille, tu as fait irruption dans mon bureau traînant une couverture, un pull panthère noué autour du cou sur ta chemise de nuit rose pâle pour me dire que tu as froid.

Je te raccompagne dans ta chambre. Tu es si frêle, je n'ose même plus poser une main sur ton épaule de peur de te bousculer. Tu avances un pied devant l'autre, centimètre par centimètre... J'ignorais que la fin ressemble au commencement, que les mamans finissent par devenir des enfants, que les plus aguerries d'entre elles, celles qui furent avocates ou femmes d'affaires se recroquevillent un jour et ne savent parfois même plus marcher. Jamais je n'ai eu l'impression d'avoir un appartement aussi grand, le chemin n'en finit pas.

Quand enfin nous arrivons devant ta chambre, tu entres, tu te glisses dans ton lit sous une montagne d'édredons et tu me montres ton oreiller : « Il y a du froid dedans. » Je le touche, et je t'explique que non, il n'y a pas de froid dans l'oreiller, c'est juste un oreiller en plume qui va prendre la température de ton corps quand tu poseras la tête dessus. Mais tu insistes, le froid vient du mur... Je touche le mur recouvert de tissu, mais il n'est pas particulièrement froid, l'atmosphère est plutôt surchauffée. Alors, tu veux que je mette un coussin entre le mur et toi. Je mets le coussin. Tu pleures. Tu pleures souvent après dix heures du soir. Je ne sais pas si ce n'est pas, comme les enfants, pour gagner encore un peu de compagnie ou si la mélancolie t'envahit au moment d'éteindre la lumière. « Tu veux rentrer à Casa ? » Tu acquiesces de la tête, c'est ton quart d'heure de méchanceté. Tu veux me dire que tu n'es pas heureuse avec moi, que tu es mieux là-bas, qu'il y fait plus chaud, que tu as des amis, que tu vas à la piscine du Sun Beach et que tu joues au bridge. Bon, je remonte tes couvertures, tu veux ton paquet de Petit Lu et tes chocolats. Tu sèmes des miettes partout dans tes draps, et ça t'indiffère.

Tu as l'air bien et tu veux partir ? C'est sûrement une petite ruse pour que je sois plus attentive. Alors j'emploie le mot magique : « Tu es sûre que tu ne veux pas passer Noël avec nous ? »

Tu sursautes comme sous l'effet d'une douche glacée. Noël ? Noël ! Tes yeux s'écarquillent, le mot te fait pleurer.

Pardon, je suis allée trop loin, je n'aurais pas dû prononcer ce mot. Mais sinon tu aurais regretté de ne pas être restée.

Tu dis : « Oui, je veux passer Noël avec vous. »

Alors pourquoi vouloir partir ?

« Mais Noël n'est pas déjà passé ? »

Vide dans les yeux.

Silence.

Je l'observe, je me demande un instant si elle le fait exprès.

Je dis doucement : « Noël n'est pas passé puisque tu n'as pas encore reçu tes cadeaux... Il faut attendre trois jours. Et après tu pourras rentrer. »

Noël ? Tu n'as plus envie de rentrer chez toi. Tu n'avais d'ailleurs pas envie, ou bien tu as eu envie quelques secondes, juste parce que je ne trouvais pas tes gâteaux assez vite ou je ne sais trop quoi. Parfois, tu lances une idée pour te faire peur, à moins que ce ne soit pour me contrarier, mais tu ne l'assumes pas ; tu ne souhaites pas vraiment qu'elle se réalise. Tu voulais partir pour me faire de la peine. Tu as toujours aimé provoquer la peine chez moi. Ma souffrance te valorise, tu te rends compte à quel point tu m'es indispensable. Oui, c'est là ta méthode. J'en suis sûre, c'est là ta façon de me manipuler. Je me souviens, tu aimais quand je pleurais, tes baisers redoublaient quand je pleurais et, folle de joie, tu demandais : « Tu m'aimes, hein ? »

Tu n'es plus là où tu es.

Tu ne t'habites plus. As-tu déjà habité quelque part ? Peut-être au Khatouat, le domaine de chasse de papa, dans tes tenues kaki, ton fusil et tes boucles blondes, sur la terrasse qui domine la mer de Pont-Blondin, dans ton short vichy rose. Tes admirateurs disaient que tu ressemblais à Monica Vitti, d'autres à Brigitte Bardot. Tu habitais là, dans leurs regards. Tu n'as pas gardé un coin de sagesse en réserve, quelques valeurs moins éphémères que ta beauté ? Pour ce temps-là, assez long, où les hommes et les femmes doivent subir les outrages des ans.

Les amis passaient, papa disait : « Je vous invite pour mon plaisir personnel. » Que sont devenus ces amis qui se pressaient autour de vous sur la terrasse du Khatouat ?

Tu méprises l'effet de tes mots. Si je suis blessée, tu dis : « Tu t'accroches aux mots, ma fille. » Les mots n'ont pas d'importance pour toi, alors qu'ils sont essentiels pour moi. Tu t'es toujours contredite. Tu corriges le moindre pas en avant d'un pas en arrière. Ton ballet me tourne la tête. J'écoute quand même. Tu me pièges et j'y crois. Tu détruis tes propos presque aussitôt, et moi, j'ai l'impression de m'être appuyée sur un mur qui s'écroule.

Je sais qu'à peine arrivée à Casa, tu me demanderas de revenir ; tu me diras que tu étais si bien à Paris. Je sais. Je dois naviguer au mieux dans tes contradictions.

Tu m'as toujours appelée quand ça n'allait pas.

Quand j'ai quitté le Maroc pour étudier, tu me téléphonais le soir pour me rappeler combien tu étais malheureuse seule à la maison avec Aïda alors que j'étais à Paris. Comme si Paris était synonyme d'amusement. Aïda, c'est la femme qui m'a élevée, une Berbère aux joues rouges, couvertes de henné et de tatouages de sa tribu. Elle superposait ses robes et retenait tout ce bazar d'étoffes avec un élastique croisé entre les épaules. Aïda sentait le feu de bois. Aïda à la poitrine généreuse qui avait allaité une ribambelle d'enfants. Tu m'appelais avant que je sorte et, comme tu étais seule et que cela me fendait le cœur, j'annulais la séance de cinéma avec une copine ou le chinois du coin avec mon petit ami. J'annulais par culpabilité. Incapable d'être heureuse si tu ne l'étais pas. Incapable de ne pas être responsable de ta solitude.

Comment aurais-je pu sortir le cœur léger ? Puis, j'ai appris à sortir sans joie, à faire semblant, à être au milieu des autres en restant près de toi. Ce fut le début d'une longue nuit, de longues années de déprime et de malentendus. Jamais je ne me révoltais. Si ma mère ne pouvait voyager ou rencontrer des gens, c'était ma faute. Il fallait que je l'aide, que je l'inscrive au cours de bridge, et même que je lui trouve un mari.

C'est ce que j'ai fait. Mais cela n'a pas suffi.

Tu as toujours été cette mère-enfant qui me racontait ses frasques qui me gênaient : « Je ne peux être ni ta confidente ni ta complice, je suis trop jeune, cela me fait de la peine pour papa. »

J'ai joué tard à la poupée. Tu te moquais. Je jouais à être une maman différente, puis j'ai juré que je n'en serais pas une parce que c'était trop difficile.

Comment être mère quand on n'a pas été enfant ?

J'ai résisté longtemps. Je ne pouvais donner la vie alors que je n'étais pas finie. Une mère doit aider à devenir adulte, je ne suis pas une adulte parce que je n'ai jamais été une enfant. Insouciante : longtemps, je n'ai pu écrire ce mot. Il ne me va pas ce mot, il ne me convient pas. Le principal danger à éviter était d'être mère de filles ; les mères font souffrir leurs filles.

L'heure de dormir

« Il est tard, il faut dormir… je ferme la porte ? »

Elle crie, pour dire non, elle veut une petite lumière. J'allume une veilleuse. Pas assez. J'entrouvre la porte de la salle de bains et je m'éloigne doucement.

Mais elle me rappelle, elle dit qu'elle entend des bruits et qu'il est possible que la porte soit mal fermée et que quelqu'un se soit introduit dans la maison. Pour la calmer, je vais vérifier. Elle hurle parce que je la laisse seule. J'y retourne. Personne, personne ne peut entrer, personne jamais n'est entré.

« Et le gaz ? Le gaz ? Il n'y a pas de gaz ? J'ai vu une bonbonne dans le couloir… » Je vais dans le couloir, il s'agit d'une potiche. Une potiche chinoise tout à fait inoffensive.

– Tu es sûre ?

– Oui, je suis sûre.

– Et le chien, laisse-moi le chien.

Il s'agit du vrai cette fois.

Elle pleure.

– Je n'ai pas voulu te l'enlever…

– Là, viens ma Bibinette, dit-elle. Regarde, elle se met là toute la nuit contre moi, j'ai peur qu'elle ait froid… Non, tu es sûre qu'elle n'a pas froid ? Tiens voilà, tu vois, elle mange un petit gâteau, elle adore le chocolat.

Je sais que cela ne sert à rien de lui dire qu'il ne faut pas lui donner de chocolat, elle recommencera. Je progresse : je ne répète plus les choses que son cerveau n'enregistre pas. Je reste calme, je me réjouis presque qu'elle nourrisse un vrai chien plutôt que le singe en peluche.

Je ne lui dis pas que je suis fatiguée, les mots « fatigué », « enrhumé », « malade » peuvent réveiller l'instinct maternel et l'inquiétude qui va avec. C'est ainsi qu'elle redevient une mère.

Il est trop tard pour lui avouer que je ne suis pas ce roc qu'elle imagine. D'ailleurs, à quoi cela servirait, elle ne l'entendrait pas.

Pour moi aussi le temps passe, mais elle ne me croit pas : « Non », me dit-elle avec toute l'énergie qu'il lui reste, comme si ce n'était pas possible. Mais maman, j'ai l'âge que tu avais quand tu me disais que tu étais vieille ! Pourquoi quarante ans serait vieux pour toi et pas pour moi ? Et cinquante, tu te rends compte ? Elle remue la tête en signe de négation. « Non, cinquante, ce n'est pas vieux, tu as la vie devant toi. » Pourquoi quarante, cinquante auraient été des âges canoniques pour toi et pas pour moi ? Comment veux-tu que je te croie ?

Je me souviens, enfant, d'avoir eu tant de peine, non pas d'avoir « une mère vieille », mais d'avoir une mère qui en souffrait autant. Tu étais allée te faire photographier par le studio Marty à Casablanca, des photos un peu ridicules où tu arborais ta toque en vison blanc, vestige d'un temps glorieux. Tu souris, tu as des rides au coin des yeux. Tu es moins belle qu'au naturel. Tu as cinquante ans, tu as peur de ne plus plaire.

Tes quarante ans furent aussi douloureux. Pour la première fois, j'avais invité des amis à la maison et tu m'appelais dans la cuisine en larmes : j'ai quarante ans et je fais la cuisine pour toi ! Mais maman, tu n'es pas obligée de faire la cuisine. Je n'ai pas pleuré, enfin, je ne crois pas, mais j'ai rejoint mes amis avec le sentiment amer d'être une mauvaise fille qui riait avec ses copines le jour de l'anniversaire de sa mère.

Quand tu as poussé la porte de mon bureau en traînant ta couverture, j'ai compris que je ne pouvais plus pester contre toi, tes manies, tes phobies, tes manquements. J'ai compris que tu étais devenue vieille. À force de nous avertir, tu as fini par avoir raison.

Maman a chaud, cette fois. Elle revient dans mon bureau, suivie du vrai animal, le faux dans une main, une épaule plus haute que l'autre, le pyjama déboutonné.

J'arrête de travailler. Je vais éteindre le chauffage d'appoint, enlever un édredon, j'ôte la liseuse que j'avais glissée sur ses épaules. Je retourne me coucher, continuer les gestes de la vie, comme si tout allait bien.

Dimanche matin

Il est dix heures, on est dimanche. C'est toujours un moment joyeux, le dimanche matin. Pas de collège, pas de bureau, tout le monde est là, mes fils, mon mari, je prépare le petit déjeuner : des œufs au plat en mélangeant dans la poêle un peu d'huile et du beurre, puis j'ajoute un peu de sel et un peu de poivre. Je les leur présente comme si j'avais réussi un risotto : « Les meilleurs œufs du monde... », me disent-ils. J'ai déjà enfilé un manteau sur ma chemise de nuit et sorti le chien. Les gens qui passaient s'amusaient de me voir ainsi, le voisin d'en face m'a souri, j'étais derrière mon bureau depuis l'aube, je n'avais pas eu le temps de m'habiller.

Le plus beau cadeau qu'une mère puisse offrir à ses enfants, c'est d'être heureuse. Ce n'est pas le plus simple. On ne peut pas en vouloir à une mère de ne pas l'être, mais on peut lui en vouloir de le dire à tout bout de champ. Apprendre le silence. Apprendre à retenir la parole. À cacher la souffrance.

Comme je n'étais pas sûre d'y parvenir quand je suis devenue mère à mon tour, je me suis juré, dans le cas où la mélancolie l'emporterait, de ne pas la montrer à mes enfants.

J'avais des raisons. Longtemps, j'ai cru qu'il fallait être malheureux pour être aimé. Je me souviens de l'intérêt que cela suscita chez mon psy et de la découverte que nous fîmes : ma mère n'aimait m'embrasser que lorsque je pleurais. Est-on sûr de la relation de cause à effet ? Est-ce parce que ma mère m'embrassait quand je pleurais que je me rendais malheureuse pour être embrassée ?

Ma mère avait décidé que j'étais forte, une fois pour toutes. Je n'avais pas le choix. J'étais celle qui trouvait des solutions à ses problèmes. De Paris, dénicher une personne pour la nuit quand elle a commencé à paniquer. De Paris, réveiller une amie pour aller la voir. De Paris, organiser ses menus, ses sorties.

Les psys ne t'aiment pas. « Pourquoi vous la défendez tout le temps ? » me disent-ils. Ils pensent que tu as dû être jalouse de moi, que cela arrive chez les mères, même si elles ne se l'avouent pas. Je réfute cette idée. Je sais que tu m'aimes et que ton seul tort est de ne pas avoir eu de curiosité, de force, de désirs.

Peut-on en vouloir à quelqu'un de ne pas avoir de désirs ? Comme si tu n'avais pas su briser la chaîne de l'assujettissement des femmes.

Tu étais ainsi. J'ai mis longtemps à nous séparer, à séparer ta destinée de la mienne, à ne pas sombrer avec toi. Longtemps, je t'ai traînée en moi. Tu étais mauvaise élève ; tu ne lisais pas. Je t'avais pourtant donné une liste d'ouvrages, sans succès. Tu n'aimais pas les maisons : « des nids à poussière », tu n'aimais pas les fleurs, tu te levais tard, peu de gens trouvaient grâce à tes yeux ou bien pas longtemps, très vite tu les critiquais.

L'idée que tu n'aies pas eu une belle vie me bouleverse. Mais une de tes amies n'a pas le même point de vue : « Ta maman a été heureuse, elle a mené la vie qu'elle aimait. »

Peut-être ai-je du mal à accepter des principes de bonheur différents des miens. Sa vie ? Le marché du Maârif, la piscine du Sun Beach, le succès avec les hommes.

Une boucle. Chaque parcours est un cercle avec des étapes différentes.

Tu ne m'as pas épargnée quand, à mon tour, j'ai eu besoin d'être écoutée. Notre mode de relation ne le prévoyait pas. Tu as été une mère pour ma petite sœur, une fille avec moi.

J'étais de l'intérieur, tu étais de l'extérieur

« Tu étais si belle que dans la rue tout le monde te regardait. »

Tu as toujours aimé la beauté. L'extérieur comptait plus que l'intérieur.

J'étais de l'intérieur. Comme on est noir ou blanc. J'étais née cérébrale, le premier mot qui me vint à l'esprit quand un jour un photographe me demanda de me définir. Nous étions de deux contrées différentes.

Tu commentais mes choix, mes décisions, partir, écrire, étudier, et je sentais bien que je te contrariais.

Tu trouves que je travaille trop ? Enfant déjà, j'avais cette fâcheuse tendance à étudier ; au lieu de te réjouir, cela t'agaçait, tu me disais : « Tu vas devenir myope et bossue. »

Je me surprends à penser comme toi quand je vois mes enfants enfermés alors que dehors il fait beau et que les moins studieux s'amusent. Tu ne voyais jamais très loin. Le présent te débordait. Tu étais cigale et j'étais fourmi.

Tu aimes les succès, la futilité, la photo sur le papier glacé. Pas ce qu'il faut passer d'heures derrière une table pour l'obtenir. Et pourtant, je ne veux pas que tu te sois trompée sur tout, je veux te ressembler malgré moi, malgré mes révoltes, mes rébellions, mes indignations. Malgré nos dissemblances, je veux être ta fille, je veux hériter un peu de toi, je sais que je ne tiendrai debout dans la vie qu'en m'appuyant sur quelque chose de l'enfance. Je ne peux pas tout contester, tout renier, tout contredire.

Je veux que quelque part, je ne sais encore où, tu aies raison.

Je suis en équilibre entre ce que je suis et ce que tu es.

Mais je ne peux te renier.

Je veux comprendre quelle insécurité, quels hommes, quels parents, quelle sœur, quelles moqueries, quelles incapacités t'ont poussée vers le chemin que tu as choisi. Je veux te plaire. Tu détestes quand je suis mal coiffée, tu détestes quand je coupe mes cheveux, quand je ne me maquille pas. Cela ne ressemble pas à l'image parfaite que tu t'es faite de ta fille. Tu veux être fière de toi à travers moi. Je t'entends dire : « c'est ma fille » avec cette tonalité possessive, orgueilleuse, propre aux mères d'Afrique du Nord.

Je vois à ton regard que je te contrarie quand j'arrive hirsute et avec mauvaise mine. « Ta fille ? », comment est-ce possible ? Je dois relever le défi, comme si j'étais le prolongement de ta beauté fatiguée. Longtemps, j'ai été agacée par ce mot, par tes yeux mouillés, par cette fierté charnelle, animale, et je voulais te décevoir. Derrière mon dos, tu disais à tes admirateurs : « Elle n'est même pas maquillée », tirant ainsi, malgré mon air de garçon manqué, quelques compliments sur moi que tu prenais pour toi. Mes publications t'ont intéressée quand elles ont suscité de l'admiration dans ton club. Quand on m'avait vue à la télévision ou écoutée à la radio. Depuis plusieurs années, tu ne lisais que mes livres et tes livres de bridge. Parfois, tu relevais une phrase, je me souviens que tu avais reconnu le portrait de ta cousine Billie dont les poils au menton nous piquaient quand elle nous embrassait, et nous faisaient rire. Tu lisais lentement mais attentivement.

Parfois tu t'exclamais : « Mais où vas-tu chercher tout ça ? Toi, ma fille ? » Comme si tu n'en revenais pas que ta fille puisse avoir de telles idées. Et aussi : « Comment j'ai pu faire une fille qui passe son temps à écrire ?... », et moi, je n'entendais que le mot « faire » qui me déplaisait. Encore le côté animal : « faire un enfant », le fabriquer avec ses tripes, avec son sang, et je m'insurgeais contre cette destinée programmée qui transforme les êtres humains en reproducteurs.

Je me disais que je combattrais avec mes propres armes, que je résisterais à la fatalité, que je ne serais pas une reproductrice, que j'interromprais la chaîne. Et que seule la force du psychisme pouvait m'aider à y parvenir.

Je m'insurge quand tu considères la photo plus que le texte, comme si pour toi l'image était plus importante que tout. Et pourtant, je me coiffe, je me maquille, je souris au photographe, pour ne pas te décevoir. Je te souris.

Est-ce là le malentendu qui me poursuit ? J'ai grandi avec les livres. Freud et Virginia Woolf, je les ai consultés, appris, vénérés, admirés, j'ai été à Vienne et à Monk's House pour les retrouver. Freud pensait que Virginia était narcissique et lui a offert un narcisse lors de leur première rencontre. Elle redoutait cet homme qui fouillait l'inconscient. Elle préférait ses souffrances à la menace de ne plus écrire, comme si sa source d'inspiration était dans le malheur. Mes parents choisis ne s'entendaient pas, ils écrivaient, ils passaient leur temps à travailler, à essayer de comprendre le monde et les autres.

Je puisais dans leurs ouvrages ce que ma mère ne pouvait me donner.

Je recopiais leurs phrases sur les murs de ma chambre. C'était mon univers, pas le sien.

Tout va bien, donc il y a un problème

Tu viens dans mon bureau. Tu aimes venir dans mon bureau. Tu as cette manière étrange de t'annoncer, tu n'entres pas d'un pas décidé, non, tu ne frappes pas non plus : tu grattes… tu grattes à la porte si légèrement que parfois, plongée dans le travail, je ne t'entends pas. Ou bien, je crois qu'il s'agit du chien. Mais non, le chien est à côté de moi.

Alors je dis : « Entre… », mais tu n'entres pas. Je répète plusieurs fois : « Entre. » Après cinq ou six fois, tu réponds, tout doucement, de l'autre côté de la porte : « Je ne veux pas te déranger… » Tu prononces ces mots si doucement que je suis obligée d'arrêter de respirer pour t'entendre. Je dois te supplier, je dois jurer que tu ne me déranges pas, je dois me lever, ouvrir la porte, attendre que tu franchisses le seuil de ton pas de fourmi. Je te demande : « Ça va ? »

Quelle question ! Ai-je perdu la tête moi aussi ?

C'est la question qu'il ne faut jamais poser à maman. Elle ne va pas. Il ne faut jamais lui tendre une perche pour exprimer son mal-être. Elle la saisit. Elle ne résiste pas, comme si c'était normal de ne pas aller bien et de me le dire.

D'ailleurs, elle me regarde, étonnée d'une telle question de bon matin. « Non ça ne va pas, il faudrait appeler Tilou. »

Tilou, c'est l'ex-mari de ma petite sœur qui prend des nouvelles et lui offre des cadeaux comme si elle était sa propre mère.

On va appeler Tilou, c'est simple, il suffit de composer son numéro. Ce n'est pas la peine de faire cette tête…

« Non bien sûr… » Elle cherche une autre raison d'aller mal, celle-là est un peu légère. Elle est à deux doigts d'en convenir, je viens de le lui démontrer le combiné à la main. Alors elle cherche, puisque ce prétexte a échoué et qu'une seule phrase a suffi pour détruire ses arguments. Elle cherche beaucoup.

Elle se tortille un peu, comme si tout la blessait, comme si tout la gênait, tout la dérangeait, c'est peut-être cela la vieillesse, rien ne va, tout blesse. « La nuit a été bonne ? »

Je prends des risques.

Elle dit « oui » comme elle dirait « mais de quoi me parles-tu ? ». C'est un oui réflexe. Un oui pas connecté. Elle réfléchit. Elle est dans un bon jour, ou plutôt un bon moment puisque, dorénavant, les bons moments ne durent jamais toute une journée. Forcément la nuit a été douce, dans une si jolie chambre. Parce que cela aussi elle peut l'annoncer quand elle est en crise inverse et qu'elle se balade dans la maison, que tout est beau, qu'on a de la chance d'habiter ici et qu'il ne faut jamais partir, même pas en vacances, toujours rester.

Elle déteste le mot partir, rien ne l'inquiète plus que ce mot qui signifie que je suis loin, que je ne suis pas là, parfois elle m'appelle et elle me demande : « Tu es en Amérique ? » Amérique signifie un pays forcément lointain, une autre planète, le plus loin possible que l'on puisse être.

– Alors, tout va bien ce matin…

– Oui, pas de problème…

Miracle…

– Continue à travailler, je reste là, je te regarde…

Je m'y efforce. Je penche ma tête sur mon cahier, mais aussitôt :

– Tu as vu ma petite chienne comme elle est mignonne.

Et elle me sort l'horrible petit singe râpé de sa manche.

– Je lui ai donné à manger ce matin, mais j'ai

l'impression qu'elle est malade, elle a tout le temps froid... on peut appeler le médecin ?

J'ai envie de pleurer, la matinée avait bien commencé.

Je dis : « Oui. »

Il a fallu en arriver à ces extrêmes pour que je renonce à lui faire entendre raison. Mais il y a dans ce renoncement de la culpabilité, l'impression de l'abandonner à son sort, de ne pas lui venir en aide. De choisir la tranquillité. Longtemps, je l'ai combattue sur des sujets moins excessifs, mais tout aussi farfelus, longtemps je me suis insurgée, j'ai tenté de lui expliquer, alors que la maladie avait déjà altéré sa perception des choses. Rien n'est plus difficile que de la contredire. À nouveau elle dit :

– Il faut appeler le médecin.

Je me déteste. Acquiescer est une façon de collaborer, une capitulation paresseuse.

Alors je tente :

– Je ne peux pas appeler le médecin parce que c'est une peluche...

Maman me regarde, elle chancelle un moment, à tel point que je crois qu'elle va tomber, elle se retient au dossier du canapé, caresse la tête de son petit singe et me lance : « Je sais bien que ce n'est pas un vrai, mais tu comprends, cela me fait du bien. Tu ne sais pas ce que c'est d'être seule... »

Elle relève la tête, il y a un reste de dignité dans sa réplique. J'ai honte. Je ne sais pas m'y prendre avec la maladie, mais je vais apprendre. La maladie est un autre monde, je dois y entrer, admettre que maman est redevenue une enfant. Maman aime son petit singe et on se fiche de ce que pense la terre entière et les rigolos du club de bridge. Je suis désolée d'avoir souligné sa confusion et sa détresse. Elle ajoute, au cas où je n'aurais pas compris : « Je suis moins seule avec elle. »

Et elle tourne les talons, referme la porte, furieuse et honteuse d'avoir été prise en flagrant délit de déraison.

Elle referme la porte et moi je m'effondre.

Faut-il la laisser traiter sa peluche comme un animal vivant, la laisser la nourrir ? Notre généraliste me conseilla de consulter le professeur Dubois.

Ce fut une grande décision. Une décision prise à ton insu puisque tu allais bien et refusais tout rendez-vous chez un neurologue ou un gérontologue…

Jamais tu n'as été aussi malheureuse que lorsque je t'ai emmenée à la consultation du professeur Dubois. Tu étais inquiète, tu me suppliais : « Je vais très bien, je perds un peu la mémoire c'est tout, comme tous les gens de mon âge. »

Tu ne me lâchais pas du regard, assise sur ta chaise, craignant que je t'abandonne, tu voulais partir tout de suite comme une enfant qui a peur du médecin, et moi, pour te calmer, je te disais que l'on allait juste te parler et te prescrire des vitamines.

« Mais je n'ai pas besoin de parler avec eux, qu'est-ce que tu veux que je leur raconte ? Et puis des vitamines, je n'en ai pas besoin non plus, je suis en pleine forme. » Et soudain, elle semblait l'être, et je ne savais plus si j'avais eu raison de la traîner là.

Maman a soixante-treize ans. Elle ne fait pas son âge. Il y a peu de temps encore, les jeunes filles venaient lui demander ses petits secrets, le nom de ses crèmes de beauté : « Il n'y a pas mieux que moi, répondait-elle, pour dénicher la bonne crème, à condition de l'appliquer du bas vers le haut, toujours, et de laver mon visage à la savonnette. Un tube que j'achète pour trois fois rien à la pharmacie du coin, tu en mets à peine... un petit pois, même pas, et tu tapotes autour des yeux... »

Ils sont loin ces bavardages aujourd'hui, tu es recroquevillée, courroucée comme jamais contre moi, tu me lances devant tout le monde : « Je ne comprends pas pourquoi tu fais ça ! Je vais bien, même le docteur Raigot, au Sun Beach, me fait des compliments sur ma forme ! Il dit juste que je ne mange pas assez de viande, mais je n'aime pas la viande ! Ce n'est pas ma faute si je ne l'aime pas, depuis que je suis toute petite je refuse la viande rouge et l'agneau, l'agneau, c'est une viande trop forte. J'aime la pizza fine avec du fromage dessus. » Et elle fait les gestes comme si elle saupoudrait la pâte de parmesan râpé. « Bon, on rentre ? »

Les patients, silencieux, me regardent. Que pensent-ils ? Que je contrains ma mère, qui n'en a pas besoin, que je veux m'en débarrasser, la faire hospitaliser ?

Elle répète : « Je suis bien, je suis en forme. »

Quelle est cette maladie qui va et vient entre normalité et folie ?

Un infirmier en blouse blanche est venu nous chercher : « Avant de voir le professeur Dubois, votre mère doit répondre à un petit questionnaire, vous pouvez rester. »

Maman me toise, apeurée, pourquoi un questionnaire ?

Elle s'assoit, le jeune interne de l'autre côté du bureau déploie devant elle plusieurs feuilles sur lesquelles sont inscrites des questions : « Qu'est-ce que vous avez mangé à midi ? »

Maman me regarde, comme si le médecin était fou. En quoi ça le concerne ce que j'ai mangé à midi ? Mais je sais bien qu'elle cherche, parce qu'elle aime le jeu, gagner, marquer des points comme au bridge. Elle me regarde encore. Désolée, je n'ai pas le droit de souffler.

Pauvre maman qui tombe dans le premier piège. « Je ne me rappelle pas, moi. » Le médecin : « Faites un effort. » Soupir désespéré de maman. Alors, elle invente, la tricheuse, elle lui dit droit dans les yeux : « Un steak et de la purée. »

L'interne me jauge pour savoir s'il peut lui donner le maximum. Je suis prise de vertige et, à mon tour, je mens, pour l'aider à marquer des points, je ne la trahis pas, j'approuve ses erreurs, je ne supporte plus qu'on la prenne pour une dingue, une sénile, une bonne pour l'asile.

Seconde question : « Qu'est-ce que vous avez fait hier ? »

Maman me fixe et, comme le médecin a compris et me surveille, je me tais, je lui fais juste signe de se concentrer...

« Hier, eh bien, je ne sais pas, il faut vous adresser à ma fille, je suis chez ma fille. »

Le médecin ne se satisfait pas de cette réponse. Elle va avoir zéro, comme à l'école, alors la menteuse trouve sa réplique : « J'ai joué au bridge. »

L'interne me regarde étonné, mais je ne lui livre aucune indication. Fine mouche, s'il a avalé le coup du steak, cette fois, cela ne marche plus, il ne la croit pas et je le vois inscrire encore un zéro.

Elle ne voit pas le zéro, elle sourit, elle pense l'avoir bien eu.

Hein, vous me prenez pour une malade ? Eh bien,

je joue au bridge, moi monsieur, j'ai même été championne.

Voilà, pour les suspicieux, les indélicats, les critiques.

Troisième question, beaucoup plus compliquée, il y a une montre et des aiguilles dessinées sur une feuille. Il lui demande de lire l'heure. Cette fois, impossible de tricher.

L'interne, l'œil sévère, du genre interdit de souffler, a des doutes… Là, tu es larguée… tu capitules ; petite maligne tu dis : « Le cadran de ma montre est différent, je ne peux déchiffrer que le cadran de ma montre… »

Zéro.

– Vous avez combien de petits-enfants ?

Tu réfléchis un peu et tu réponds vaillamment :

– Deux !

Tu as oublié ceux de ton autre fille, mais cela il ne le sait pas.

– Votre date de naissance ?

À mon grand étonnement, tu la donnes.

– Votre adresse ?

Tu la donnes aussi au Maroc, pas en France.

– Vous êtes arrivée quand à Paris ?

Alors là, c'est la catastrophe, elle ne sait pas, elle confond les jours et les mois.

Zéro.

– Vous habitez la ville ou la campagne ?

Zéro.

Elle est perdue dans le temps et dans l'espace.

Le professeur Dubois va arriver. Pas un commentaire, l'interne ne s'y risque pas. Il lui tend juste la feuille.

Dans le couloir maman comme une enfant :

– Tu as vu, j'ai été bonne ! Tu vois que je vais bien ! Je veux un Coca.

– Tu as été formidable. Le Coca après.

Dubois me reçoit seule. Il ne répond pas franchement à la question que j'ai déjà posée à d'autres médecins avant lui sur l'avancement des recherches dans ce type de maladie et sur la performance des traitements.

Vague.

Rien de décisif. Rien de très positif non plus ne sort de ses silences…

Je n'ose pas insister.

Des médicaments ? Efficaces, on ne peut pas dire, il ne le dit pas d'ailleurs, on peut ralentir le processus et c'est moi qui ne le crois plus. Il me donne le numéro de son portable, je peux l'appeler. Merci, je suis très touchée, c'est sûrement le geste le plus rassurant de l'entretien.

Je repars avec maman qui est heureuse d'avoir bien répondu aux questions et une ordonnance de médicaments entre les mains, qu'elle refusera de prendre, malgré les ruses. Elle détecte les pilules moulues dans la soupe, cachées dans une bouchée de gâteau : « Ce sont des drogues, moi, je n'en ai jamais pris de ma vie et ce n'est pas aujourd'hui que je vais commencer ! » Elle les jette au travers de la pièce, elle est en colère, devient violente.

– Ce ne sont pas des drogues mais des vitamines…

– Je me porte très bien, je perds un peu la mémoire, mais qui ne la perd pas à mon âge ?

Parfois, maman me demande des nouvelles de mes amis de toujours, de Danielle, d'Emanuel, de Laura, de Patrick. Elle se souvient des uns et des autres et on discute devant une tasse de thé.

Quelle est cette maladie cruelle qui oscille entre normalité et folie ?

Le professeur ne l'a pas nommée. Je lui ai raconté le choc de la mort de ma petite sœur, il m'a écoutée. Est-ce qu'un choc peut faire perdre la raison ? Est-ce qu'un choc peut vous perdre dans le temps et dans l'espace ?

Les mots qui rassurent

Ce matin, tu viens dans mon bureau avec un conseil, tu me dis qu'il faut que j'appelle mes amis, qu'il faut que j'entretienne de bonnes relations avec eux. Pourquoi mes amis ? Te souviens-tu qu'on en a parlé la veille ? Tu répètes qu'ils sont « gentils » ; « gentils », c'est ton mot favori. Gentils. Un mot rassurant comme un sourire d'enfant.

Léo est gentil, Louis est gentil, Annie est gentille, Zoubida et Aïcha aussi. Tu dis « gentil » pour t'apaiser, tu attends mon assentiment, comme si tu avais peur qu'ils t'abandonnent, comme si tu avais conscience de ta dépendance. Sont gentils ceux qui s'occupent de toi.

Avec la peur de ne pas être servie, ta conscience de ne plus rien savoir faire, tu les as rendus serviles.

Je dois les appeler, les remercier, leur offrir des cadeaux. Oui, tu les aimes comme des enfants. Oui tu « peux leur demander n'importe quoi », la phrase revient souvent : « Demander n'importe quoi. » C'est quoi demander n'importe quoi ? C'est les solliciter vingt fois par jour parce que tu n'arrives pas à ouvrir ton coffre, parce que tu entends un bruit et que tu as peur, c'est leur demander encore de l'argent parce que tu as toujours peur de manquer. Manquer de gâteaux, de chocolat, manquer d'attentions, manquer tout simplement. Les billets te réconfortent, mais on ne peut plus en mettre à ta disposition autant que tu le souhaiterais, tu les distribues, tu confonds les billets de dix et les billets de cent.

Annie gère ton budget. Tu ne comprends pas toujours cette intrusion, alors je te répète pourquoi, tu oublies, je te répète et tu me demandes à nouveau pourquoi.

Elle ne veut plus sortir, elle n'en a plus besoin, mais elle ne sort pas non plus de ses obsessions. Qui l'entend pour la première fois pourrait l'imaginer normale. Mais plus au bout de quelques minutes. Le disque est rayé. Les mêmes choses avec la même conviction, le même étonnement, les mêmes supposées découverte ou observation reviennent sur le tapis.

Maman a été vieille avant l'âge. Elle est jeune et vieille.

Parfois, j'ai l'impression qu'elle a choisi la vieillesse

comme alibi, comme le refuge d'une vie qui n'avait plus d'autre issue. Être vieille la protège de l'obligation de faire, d'être.

Elle n'a jamais aimé ni l'un ni l'autre.

Elle s'est agrippée à la vieillesse comme à une bouée de secours.

Vieille, on ne lui demande rien, on n'exige rien.

Mieux, on doit s'occuper d'elle. Elle a joué à ce jeu jusqu'au jour où le jeu est devenu réalité.

Parfois je la sermonnais : « Depuis tes quarante ans, tu me dis que tu es vieille, je ne te crois plus ! » Je t'entends encore me répondre : « Tu te rends compte, ma fille, j'ai cinquante ans ! » Et tu me regardais en soupirant : « C'est beau la jeunesse... », comme si tu en étais très éloignée.

Puis la maladie est venue se greffer.

Est-ce la vieillesse prématurée qui a appelé la maladie, comme une justification, ou la maladie qui t'a rendue vieille avant l'âge ?

Autour de toi, certains croient que tu fais semblant de ne pas pouvoir, de ne pas savoir. Il y avait un peu de ça au début, plus maintenant. Le mal a pris le pas sur les défauts, les défauts se sont érigés en pathologie, comme si la maladie était la manifestation de tes particularités, mais exacerbées.

Ils ne veulent pas s'occuper de toi. Ils ne sont pas là pour ça, ils ont peur eux aussi, ils ont ton âge, ils savent qu'un jour leur tour viendra, ils préfèrent oublier, tu ne peux leur en vouloir. Tu ne leur en veux pas, ils s'effacent de ton univers, peu à peu…

Je ne sais pas si à force d'attendre qu'on te téléphone, qu'on vienne te chercher, tu n'as pas perdu le goût de sortir, si tu n'as pas capitulé. Il est trop dur, trop humiliant de supplier tout le temps, de s'habiller pour rien.

Même tes anciennes amies, lassées de tes coups de fil, ont fini par se répandre en commérages. Tu l'as bien compris et tu as renoncé, non seulement à les voir, mais à la peine que cela te faisait.

Et si vieillir était devenir ce que l'on est en pire ?

Et si vieillir était devenir ce que l'on est en pire ?

J'ai mis du temps à comprendre que je ne devais plus tenir compte de ses paroles. Que cela ne vaut plus rien une parole de maman, un regard, une acceptation, une opinion, un jugement, un conseil, plus rien, pas tripette, « *oualou* », comme on dit chez nous.

Maman dit et se contredit, elle affirme et infirme quelques instants après… et moi je chancelle, parce que, malgré le naufrage, le plus difficile, c'est de ne plus la croire.

Au début, je m'insurgeais, je m'exaspérais : comment pouvait-elle dire blanc alors que quelques secondes auparavant, elle avait dit noir ?

Je devais décider pour elle. Je ne sais pas si elle était ainsi parce qu'elle manquait d'appétit de vie ou bien si c'était sa façon de ne pas prendre de risques et de me culpabiliser en cas d'échec : « C'est toi qui m'as emmenée, c'est toi qui m'as conseillée… c'est de ta faute. » Oui, maman. Maintenant, je n'ai plus le choix, j'emmène, je présente, je décide. Si je te laisse, tu restes sur place.

J'ai mis du temps à comprendre que chacun a sa façon d'être, qu'il est impossible d'interférer, d'imposer ses critères de bonheur.

« Chacun voit midi à sa porte », affirmait maman... Nous n'avions pas les mêmes heures... Celles de maman n'étaient pas les miennes, et pourtant je me sentais responsable de ses choix.

Est-ce ma faute si elle a passé sa vie au bord de l'Atlantique ? Et pourquoi vivre au bord de l'Atlantique ne serait pas mieux que vivre dans une grande ville ?

Elle n'aime pourtant pas le soleil. Maman est un tissu de paradoxes. En fait, elle aime regretter. Elle aime dire qu'elle regrette, qu'elle aurait dû, qu'elle aurait pu.

Elle reste, mais elle veut partir.

Elle part, mais elle veut rester.

Elle est difficile à cerner. Il est possible qu'elle ne veuille pas l'être.

Elle cherche à m'inquiéter. Elle a toujours aimé provoquer de l'inquiétude chez moi ; l'inquiétude, c'est la mesure de l'amour. Elle aime consoler quand elle provoque les larmes.

Elle rit mieux quand je ne la vois pas.

Faire le tri entre ses regrets, ses névroses, ses mensonges, ses humeurs, ce qui tient la route et ce qui ne tient pas la route, me débrouiller avec tout ça. Ce qu'il faut considérer et ce qu'il faut jeter.

Elle me donne tout en vrac. À moi de risquer de me tromper, de supporter ses critiques, ses changements d'avis, parce qu'elle ne sait pas faire avec elle-même.

Elle dit et efface ce qu'elle dit, presque aussitôt. Avec autant de véhémence dans ses arguments. Puis, une fois que tout est organisé, elle revient à la première solution, puis à la seconde, puis à la première, jusqu'à épuisement de son entourage.

Je me souviens de l'avoir suppliée à genoux d'arrêter.

J'ai le tournis.

Son avis varie selon l'heure de la journée. Et quand je la prends en flagrant délit de contradiction, elle jure que je mens, que je perds la tête et, quand je tiens une preuve de ses volte-face, alors d'une voix ingénue elle lâche : « Tout le monde peut changer d'avis. »

Défaut d'attention, défaut de concentration. La maladie a accentué ce qui à l'origine était peut-être un manque d'intérêt, d'assurance, je ne sais pas. Avec la maladie, le processus s'est aggravé, mais à peine.

Et si vieillir était devenir ce que l'on est en pire ?

Maman aime ses quatre pièces à Casa. Maman aime sa décoration, les photos de ses filles et les coussins en dentelle.

Maman aime les volants, les tissus synthétiques, les casseroles en cuivre, un salon de style Louis XVI, elle aime.

C'est M. Rubelli qui lui avait fabriqué son mobilier ; je me souviens encore de sa coupe en brosse et de sa manière de rouler les « r ». Je me souviens des soirées d'hésitation entre le velours côtelé non capitonné et un velours uni capitonné. Un velours bordeaux côtelé avait finalement triomphé d'un jaune moutarde. Ils sont là, ces fauteuils qu'elle veut transporter, si un jour elle rentrait en France. Ils sont là, avec la table basse de style bateau, la table de salle à manger de style Louis XVI et les huit chaises à médaillons, intactes.

Aïcha et Zoubida se relaient autour d'elle. Maman a toujours aimé la docile compagnie des gens qui travaillent pour elle. Je suis sûre qu'elle les préfère maintenant à ses partenaires de bridge.

Elle m'appelle moins, elle oublie. Elle ne sait plus

composer le numéro seule ; Aïcha me la passe. J'ai maintenant la voix d'Aïcha avant la sienne. Je décroche, maman garde ses bonnes habitudes : elle ne dit pas bonjour. Maman ne m'a jamais dit bonjour. Elle enchaîne : « Tu sais que… »

Et j'ai généralement droit au récit d'une dispute entre elle et ses « bonnes », comme on dit là-bas… Chamailleries passagères dont il ne faut pas tenir compte… les méchants deviennent gentils et vice versa en un clin d'œil. Puis elle parle du temps, toujours trop froid ; des travaux en haut qui la dérangent. En boucle.

Je te cherche depuis que je suis petite.

J'avais quatorze ans quand je t'ai confié avoir envie de mourir, nous étions toutes les deux à la maison, un dimanche, tu t'es assise au bord de mon lit et tu m'as dit : « Tu sais, cela ne servirait à rien, personne ne te pleurera, cinq minutes peut-être et tu seras oubliée. » En cela, tu avais raison, mais il est probable que j'avais plus envie de te parler que de me tuer.

Tu as toujours donné tes conseils favoris à tes amies, conseils sur les crèmes et les maris.

Moi, j'avais droit à : « Ne souris pas trop. » Comme si tu avais détecté chez moi cette peur de déplaire.

« Ne souris pas trop » est le seul conseil que tu m'aies donné.

Je voudrais te rendre heureuse. Quand j'ai proposé un Noël à Paris à la maison, tu as pleuré : « Cela fait si longtemps. » Je t'ai rappelé que c'était toi qui ne venais plus, l'homme qui partageait ta vie ne se déplaçait pas et tu préférais rester avec lui.

La meilleure solution était celle qui ne t'obligeait pas à voyager, le déplacement t'a toujours rendue anxieuse ; il t'arrivait de rebrousser chemin à peine arrivée à l'aéroport de Nouasseur.

Comme j'avais prononcé le mot « Noël » tu as dit : « Moi, personne ne me fait de cadeaux. » Ce qui est faux, bien sûr. Si c'est aux enfants d'élever les parents, j'ai raté mon éducation. J'ai renoncé à élever ma mère. J'ai échoué, les enfants ne peuvent changer les parents.

Je ne sais même pas si les parents peuvent changer les enfants. Ils peuvent les conduire, leur montrer des chemins, favoriser une vocation, les encourager. Le contraire n'est pas dans l'ordre des choses. J'ai eu des enfants faciles et une mère difficile.

Je l'ai habillée pour mes fiançailles, pour mon mariage aussi, j'ai comblé ses oublis en racontant que la montre de mon mari et mon bracelet venaient d'elle. Elle n'y avait pas pensé. Elle s'est prêtée au jeu sans vergogne. C'est cette complicité qui m'a le plus choquée.

Puis elle a cassé le vase que mon beau-père m'avait offert. Mille éclats de cristal Lalique sur le sol. J'aurais dû l'avertir, le sac n'était pas assez solide. Je n'aurais pas dû la laisser le soulever. Maman ne sait pas porter, maman ne connaît pas la valeur des objets. Pas de cadeaux de mariage, ni d'un côté ni de l'autre, c'était mieux ainsi. Pas grave, je n'avais pas eu le temps de m'attacher. Mon beau-père exaspéré qui, lui, connaissait la valeur de l'objet, m'a prise à part et m'a dit d'un air sévère : « Ta mère ne s'est occupée de rien ? Ni des tables ni des invités ? » Sous-entendu : « Dès qu'elle s'occupe de quelque chose, c'est une catastrophe ! » Il ne sait pas que ce n'est pas méchant, que c'est juste ma mère, que ce n'est pas sa faute, qu'il ne faut pas lui en vouloir. C'est peut-être même la mienne.

J'étais terrorisée à cause de ces mots : « ta mère », à cause de la façon dont il les avait prononcés, qui voulait bien dire : « La tienne, pas la nôtre, nous on n'en veut pas d'une mère comme ça. » Je n'ai pas renié « ma mère », j'ai eu l'impression de me faire gronder à sa place, comment pouvais-je la renier, là, toute empêtrée, toute tremblante devant moi. Oui, ma mère, la mienne, pas la vôtre, a cassé le vase, oui, c'est ma faute puisque c'est « la mienne ». Je l'ai défendue comme j'aurais défendu mon petit qui aurait fait une bêtise. Je sentais bien qu'à peine arrivée dans la famille, il fallait que je la remballe et qu'elle disparaisse vite fait ; non, pas la peine d'aider pour les débris de verre, elle pourrait encore casser autre chose.

Où maman est-elle à l'aise ? Je ne sais pas. Quand prenait-elle des initiatives heureuses ? Dans sa cuisine, avec Aïda, elle disait en arabe ce qu'elle voulait pour le déjeuner ou le dîner, un méchoui au cumin, des tajines de boulettes, une *harira* ou des épinards à la florentine ? Au volant de sa voiture, quand tout son corps tournait en même temps que son volant ? Quand elle me conseillait de moins sourire, d'être distante, comme une blonde hitchcockienne alors que j'étais une brune méditerranéenne ? Maman ne connaissait pas les codes de Paris. Elle était perdue.

Pourquoi ma mère est partout à côté de ses pompes ? Dépassée, c'est le mot ; ma mère était « dépassée » dès qu'elle franchissait la limite de son monde.

Peut-être aurais-je dû rester dans la cuisine à surveiller les repas, au bord de la piscine à parfaire mon bronzage. Coupable. La sanction est immédiate.

Avant d'aller à la mairie, maman est venue vers moi, la tenue que je lui avais achetée ne lui plaisait plus. Tu l'as pourtant choisie ! J'avais dépensé tout l'argent que je gagnais chez un commissaire-priseur tandis que j'étudiais, mais elle s'en fichait : « La robe me grossit, elle me fait de gros bras », elle ne voyait que ça, les bras. J'avais envie de me cacher pour pleurer, et tandis que j'essayais ma robe de mariée, tu continuais : « Toi, tu peux t'acheter des robes et pas moi. »

Quel ensemble portais-tu pour ton second mariage ? J'ai trouvé le mari. Un pianiste au charmant sourire qui ressemblait à Albert Cohen. René. Le père de Paul, un ami de classe. Veuf comme toi. Et si on présentait nos parents ? lui ai-je glissé entre deux cours. Ton père et ma mère ?

– Tu crois ?

– Je crois.

– Et si ça marche pas ?

Je savais que ça marcherait.

Ils sont venus au Yacht Club de Casablanca le lendemain. Le fils avec ses Ray Ban vert clair et le père en costume beige. De notre côté, on avait frôlé la catastrophe. Au dernier moment, maman ne voulait plus partir. « On ne peut pas faire le bonheur des autres, malgré eux. »

Si, on peut. La preuve, maman a fini par enfiler sa

robe à fleurs, à ceinturer sa saharienne. Vin rosé, calamars frits, soleil sous un parasol troué ont fait le reste. Doucement les sourires se sont esquissés. La vie a triomphé, les tristes passés se sont éloignés.

Un pas chancelant dans la réalité

Il est dix-huit heures. Je suis descendue chez l'épicier lui acheter les glaces et les caramels qu'elle me réclamait, Michoko, et des tablettes de chocolat Crunch, qu'elle adore.

Elle dort en chien de fusil, les genoux remontés au menton, sa Finette contre la poitrine. Je referme la porte très doucement, sinon elle sursaute, elle a l'oreille fine, elle entend, même en dormant.

Tant pis, je ne te réveille pas, je ne sais réveiller ni les vieux ni les enfants. Si tu savais que je te traitais de « vieux », tu rirais, tu adores que l'on se moque un peu de toi.

Quand Annie, la meilleure amie de ma sœur, m'a annoncé sa mort, j'ai pensé à toi. Pas à la peine qui ne me quitterait plus jamais un instant de ma vie, pas à ce nouvel être que je deviendrais sans elle, un être amputé, un couteau dans le cœur en permanence ; dans la seconde m'a traversée la pensée égoïste que, dorénavant, je serais seule avec toi. Qu'elle ne serait plus là pour m'aider à te porter, pour rire de tes excès, pour t'imiter.

Conciliabule devant la porte de sa chambre. Quelqu'un doit se dévouer, bientôt vingt heures. Je dis doucement :

– Maman ?

Elle se redresse haletante :

– Il est quelle heure ?

– L'heure du dîner.

– Je ne dormais pas.

Reste de fierté.

– Si, tu dormais.

Reste de cruauté.

– Je me reposais.

– Si tu veux, habille-toi, on va dîner.

Maman ne s'habille pas. Elle enfile une sorte de veste sur un pyjama. Elle ne se recoiffe pas. Les marques de son coussin balafrent sa joue.

– On est où ?

Elle tangue. Encore dans ses rêves, un pas chancelant dans la réalité. Elle nous regarde dans sa drôle de tenue.

– À Paris.

– Ah ! Oui, que je suis bête.

– Assieds-toi.

Elle n'aime pas que je lui dise de s'asseoir. Elle est maître de son destin. Elle me reprend :

– Laisse-moi le temps ! Ça va !

– Maman, on est tous à table.

Elle nous regarde un à un, les yeux écarquillés. Elle me fait peur.

À table, elle a réinventé l'écoute flottante, le regard embué qui fixe un point au hasard, le pain, la chaise ou une autre chose sans importance, avec cette manie de sursauter quand on lui pose une question. Alors elle dit : « Répète doucement », ou bien : « C'est compliqué pour moi… », ou encore : « Comment veux-tu que je te réponde ? » ou : « Qu'est-ce que je connais, moi, de ces histoires ? »

Il est possible que tu aies raison, que je me sois écartée du chemin, que j'aie été trop loin, trop vite, vers un monde trop nouveau, des situations inconnues de toi. Que cela ne serve à rien finalement. Une maison au soleil et des gâteaux au miel, que demander d'autre ?

C'est ma faute. J'ai trahi ma mère en pensant différemment ; je l'ai trahie puisque mes goûts sont différents, mes positions, mes dispositions, mes ambitions. Je pense à ce jeune homme de troisième dans une ZEP où on étudiait mon dernier roman, qui m'avait demandé : « Madame, est-ce que l'ambition n'est pas une forme de trahison ? »

Oui, elle est une trahison à ma mère, pas à toutes les mères, mais à la mienne si.

À table, on tâche d'évoquer des sujets qui te sont familiers. On n'en a pas tant que ça de communs à présent. C'est peut-être à cela que l'on mesure notre éloignement. Quels sujets de conversation nous reste-t-il ? Tu ne lis pas, tu ne vas pas au cinéma, ni au musée. Si on évoque un peintre, son travail, tu décroches. Tu es là, mais en dehors, comme si on avait fermé une porte transparente et que l'on pouvait voir ton désespoir derrière la vitre. Ton visage grimace, tu luttes comme si tu essayais de frapper, d'entrer, puis assez vite tu abandonnes et te réfugies près de la chienne.

– Ça va maman ?

Petit sourire.

Il reste les sentiments. Il reste « les autres », ceux qui ne sont pas encore tout à fait effacés de ta mémoire. Il suffit que je prononce deux ou trois prénoms pour que tu affirmes une fois encore : « Il ne faut pas se fâcher avec ses vieux amis. » La première fois, on peut croire que tu as du bon sens et t'approuver. Si on te connaît, on sait que tu es capable de dire ces mots aussi souvent que tu entendras tel ou tel prénom.

Le prénom de Laura déclenche en toi le même souvenir. Tu es dans le parc, rue de Babylone, avec elle, nos enfants sont dans des poussettes. Laura tient des propos très aimables sur moi ; tu ne les as jamais oubliés. À chaque fois que tu le peux, tu me répètes ces mots bienveillants qu'elle a prononcés.

Je les aurais oubliés, tout le monde les aurait oubliés. Pas toi. Peut-être parce que l'on te disait du bien de ta fille et que tu étais fière d'être ma mère ?

Il y a encore Patrick, mon ami que tu trouves si beau. Alors on parle de Patrick. Patrick va bien. Oui, il est toujours aussi beau. Petite coquine. Tu t'es souvenue de deux personnes. Tu es fière, requinquée. Alors de toi-même tu lances la conversation sur un autre sujet : la beauté. « Les cheveux sont la plus belle parure de la femme. » Reproche déguisé. Oui, je sais, je devrais me les laisser pousser. « Pourquoi te coupes-tu les cheveux ? » En ritournelle. J'écoute. Je ne dis pas que tu me l'as déjà conseillé hier, avant-hier, il y a cinq minutes, dix minutes. Je te fais plaisir comme si je découvrais ton avis sur la question : « Tu as raison, je vais les laisser pousser. » Mais, non pas des mèches blondes, là non, tu exagères !

Viens, on va au salon prendre le dessert. Tu me

suis, le vrai chien aussi qui sait que tu lui en donneras un morceau et le faux serré contre ton ventre.

« C'est beau. » Tu dis ça chaque fois que tu entres dans mon bureau, le même regard émerveillé, neuf, comme si tu le découvrais. Il est possible que tu découvres chaque fois. Que les décors s'effacent, eux aussi. Les beaux comme les moins beaux. Il faut que je reste, que je reste là, que je ne sorte pas, que je ne voyage pas, c'est dangereux et cela ne sert à rien, rien n'est mieux qu'être chez soi.

La machine à fabriquer des névroses est en marche. Cela fait longtemps qu'elle m'alimente la machine, qu'elle me gave comme une oie. Je les ai toutes bien ingurgitées, comme une bonne petite fille, j'en ai rejeté quelques-unes, mais très peu, ne t'en fais pas, j'ai bien tout assimilé : j'ai peur de partir, oui, ne t'en fais pas, celle-là de névrose, tu me l'as bien transmise, je n'aime pas voyager, je me force ; tu peux être fière de toi, je reste des heures assise dans mon bureau, je dois capitaliser le nombre d'heures record sans bouger. Je n'aime pas trop la vie réelle, je m'en méfie. J'ai choisi l'écriture comme on choisit un refuge. J'aime la pluie et la neige qui me tiennent bien au chaud à la maison. Je tremble quand j'entends le mot « partir », je tremble devant une valise ou un billet d'avion. Ne t'en fais pas, j'ai pris le relais.

Je suis tombée dans le piège, tu m'as collé tes phobies, tes trouilles, j'ai combattu comme j'ai pu, j'en ai évincé quelques-unes, digéré d'autres.

Quand je prends une décision trop aventureuse, j'entends ta voix en moi qui m'indique le contraire. J'essaie de te tenir tête, ce n'est pas facile ; parfois je renonce, tu triomphes et je reste, je me couche, je pleure. Ta voix est trop forte en moi.

Les bons jours de maman commencent ainsi, recommencent ainsi : « Tout le monde au Sun me dit que j'ai une belle peau. »

Comme ça de bon matin, à brûle-pourpoint.

« Sais-tu ce que je mets ? » Non interrogatif comme si je ne savais pas. « Tu ne sais pas ? » La gentille fille, qui écoute pour la millième fois la leçon de sa maman, répète : « Non, je ne sais pas. »

Non ? Elle n'en revient pas. Alors, dis-moi comment obtenir une si belle peau ? Maman prend son souffle, trop heureuse : « Je mets une toute petite noisette de crème, entre mes doigts, toute petite hein… j'étale la crème sur mon visage, je masse de bas en haut. » Le geste accompagne sa parole, elle montre une noisette de vide entre le pouce et l'index. Je penche la tête, je regarde la noisette invisible posée entre ses doigts. « Et tu l'étales tout doucement sur le visage, du bas vers le haut, et tu tapotes tout autour des yeux, doucement, parce que c'est fragile le contour des yeux. »

Maman aurait fait une très bonne comédienne. « Tu ne me crois pas ? » dit-elle encore.

Elle sourit, elle semble heureuse, loin des cauchemars de la nuit et des déplacements. Elle est dans son rôle de mère, de conseillère. C'est facile de la rendre heureuse. Il suffit d'écouter.

La vérité est plus triste, maman ne met plus de crème, elle oublie.

Elle oublie d'ouvrir les pots que je lui achète. Elle s'anime devant moi, mais derrière rien ne suit. Agitation simulée, démonstration factice. Du vent. Je sombre dans la tristesse. Maman ne prend plus soin d'elle. Elle a des bouffées de vie, comme des délires, des souvenirs, des moments de sa vie passée qui se juxtaposent à sa vie présente, des moments… Puis elle s'assoit, épuisée d'avoir vécu un rêve éveillé. Ses épaules se voûtent, elle s'assombrit tout à coup :

– Est-ce que j'ai les clefs de chez moi ?

– Oui, maman.

– Est-ce que l'on a averti Zoubida que je suis partie ?

– Oui, maman. Tu n'as plus à t'occuper de rien. Annie et moi on s'occupe de tout.

Elle me lance un regard où se mêlent la reconnaissance et la colère. Colère contre elle-même qui ne peut plus aller à la banque, qui ne sait plus compter, ni traverser la rue sans qu'on la dirige.

Ce matin, parce qu'il faisait froid et qu'elle sortait, je lui ai étalé sa crème miracle sur les joues, le front, le menton, rapidement, sans manières. Elle n'a pas protesté, elle ne m'a pas dit qu'il fallait masser de bas en haut, non, elle s'est laissé tartiner comme une gamine.

« Léo est gentil, Annie est gentille, Louis est gentil. » Tu veux quoi encore ? Ah, oui, les mots qui te rassurent. Si j'enchaîne : « Aïcha est gentille, Zoubida est gentille… », tu peux t'apercevoir de ma moquerie, de mon impatience et t'énerver… alors, ton regard de petit tyran se durcit et tu dis : « Je ne suis pas gâteuse ! »

Pour me faire pardonner ma perfidie, je lui tends une madeleine. Elle adore les madeleines. Elle peut en manger un ou deux paquets d'affilée. « Je mange tout ce que je veux et je ne grossis pas ! » Petite coquette. Je suis comme toi. Comme quoi, tu ne me passes pas que des mauvaises choses…

Tu veux que je t'apporte un plateau dans ton lit ? Oui, c'est l'heure du « petit repos », comme disent les nounous. Je suis aussi une nounou. Que veux-tu d'autre ? Des oranges coupées en quatre ?

Drôle d'idée, tu les préfères ainsi plutôt qu'en jus ? Je t'accompagne jusqu'à ta chambre, tu te drapes dans ta couverture, le singe dans les bras, le chien comme escorte. Tu avances doucement, tu avances à petits pas, moi derrière, je tiens le plateau et les madeleines. Je me démène pour que tu ailles le mieux possible, je t'écoute, je te réécoute, je te nourris, je te soigne, mais je ne t'embrasse pas. Je n'ai pas envie de comprendre pourquoi je n'aime pas embrasser ma mère, je me souviens de l'avoir attendue, je me souviens d'avoir dormi avec sa chemise de nuit contre moi.

Pas de traumatisme particulier ; je ne dois pas être la seule à ne plus vouloir embrasser sa mère.

Elle disait que lorsque j'étais bébé mon père ne me regardait pas, que parfois il agitait son trousseau de clefs au-dessus de mon berceau et qu'il partait à la chasse. C'est tout ce qu'elle dit de lui et de moi. Son visage au-dessus de mon berceau a dû s'effacer. J'ai grandi avec l'idée d'un père indifférent qui agitait les clefs de son Alfa Romeo et qui partait à la chasse.

J'ai peu d'images de mon père. Je me souviens qu'il piquait quand il m'embrassait, je me souviens des lettres qu'il m'écrivait parce qu'il était souvent loin, puis à dix-sept ans après le bac, c'est moi qui suis partie. Je me souviens qu'il ressemblait à Clark Gable, je me souviens qu'il avait les yeux verts, et qu'il rentrait tard le soir quand il n'était pas en voyage. J'ai abandonné les poupées pour jouer aux Barbie, des poupées qui ressemblaient à des femmes, ma Barbie n'avait pas d'enfants. De toute façon, mon premier mari était en chimio à vingt et un ans, en chimio juste après notre mariage. J'ai souffert de sa maladie, pas de sa stérilité. Certains pensaient que je me protégeais, mais les gens imaginent souvent des choses fausses et compliquées. Ce refus était ancré en moi. La fragilité de la vie m'est apparue très tôt.

Là-bas, au pays de l'absence

– Maman tu ne vas plus dormir ce soir, peut-être devrais-tu te lever ?

– On est quel jour ?

– Dimanche.

– Léo est là ?

– Pas le dimanche.

Je la relève, elle crie un peu comme si je lui faisais mal. Bon, alors relève-toi toute seule. Elle n'est pas contente. « Alors qu'est-ce qu'on fait, tu veux rester comme une tortue retournée sur le dos ? » Elle accepte mon aide sans crier, elle croit que, si elle crie, je ne l'aiderai plus. Tu parles...

« Viens, on va dans le salon écouter de la musique. »

Alors elle chante pour montrer qu'elle aime la musique. Elle connaît trois ou quatre airs par cœur, *My Fair Lady* en anglais sans comprendre un mot, *Summertime*, *Stormy Weather* toujours en anglais, toujours sans rien comprendre. Pourtant, l'accent n'est pas si mauvais, maman aurait décidément fait une bonne comédienne. Lorsque j'étais enfant elle imitait tout le monde, les mimiques, les manières de s'exprimer, de marcher, de parler ; parfois elle observait les gens la bouche ouverte et, à peine avaient-ils quitté la pièce, qu'elle les singeait.

« Tiens, assieds-toi sur le canapé. » La Callas, l'Ave Maria, elle connaît, bien sûr. Elle pleure un peu parce que c'est trop beau. Normal. Puis elle a froid. J'allume la cheminée, mais elle préfère sa couverture, je pars la chercher. Je vais écrire, mon mari lit, on met la Callas pour maman, que des airs connus. On devrait écouter beaucoup de musique dans les maisons de retraite. Maman a retrouvé le sourire, elle fredonne puis elle chante.

Mon mari la complimente : elle a une jolie voix. C'est vrai. Elle est contente. Elle affirme que lorsqu'elle était jeune, on lui demandait toujours de chanter, mon père aussi disait qu'elle avait une jolie voix. C'est son quart d'heure de gloire, on est tous autour d'elle, elle a soudain un air majestueux enroulé dans sa couverture violette. Elle caresse Brownie, j'ai caché le petit singe. Je préfère l'entendre parler du vrai chien. Dans le silence, tandis qu'elle écoute la musique, elle a l'air bien. Je guette ces instants. Elle se remet à chanter avec *Carmen*. Je lui souris. Elle me dit c'est beau. Puis soudain :

– Rappelle-moi, tu ne montes plus à cheval ?

– Non, maman, je ne monte plus à cheval.

– Pourquoi ?

– Parce qu'à dix-sept ans, quand je suis partie pour Paris, vous avez vendu mes chevaux. J'ai alors fait vœu de ne plus jamais remonter à cheval.

– Ah, oui, c'est dommage.

Elle renverse la tête en arrière, son regard se perd. Je ne sais où. Un endroit lointain. Peu de gens vont si loin avec leur regard. Peut-être ceux qui contemplent le ciel. Mais c'est autre chose qu'elle observe ou qui l'observe. Ça fait peur. Elle sent que j'ai vu et elle revient à elle aussitôt, comme si elle abandonnait une personne que je ne devrais pas voir. Elle me fixe, agacée. Ce regard, je n'ai pas le droit de le surprendre, le regard qui part, qui ne voit rien ou qui voit tout.

Ce regard vers un au-delà. Comme si elle dormait les yeux ouverts ; comme si quelqu'un l'attirait à lui, irrésistiblement. Elle sursaute : « Qu'est-ce qui fait ce bruit ? » Ce sont les bûches dans la cheminée.

Elle se lève, pointe le doigt vers je ne sais quelle direction, vers sa chambre, le salon, le couloir à traverser pour y arriver, elle n'y arrive pas, elle se perd tout le temps. Alors, elle revient sur ses pas, elle dit : « Tu vas rire, mais je ne trouve pas ma chambre... »

et pour minimiser son erreur, elle ajoute : « Mais tout le monde se perd ! Chez moi, quand mes amis viennent, ils se perdent aussi ! »

Chez elle, c'est quatre pièces et plus aucun ami ne vient.

Elle ne tient pas longtemps en place.

Rassieds-toi, on ira dans ta chambre après. *La Traviata* m'aide à la persuader ; elle s'assoit, tire la couverture à elle, soupire et penche la tête en arrière. Elle semble écouter, mais très vite son regard se colle au plafond de cette façon que je n'aime pas et qui m'affole. L'œil brillant comme si elle pleurait, mais elle ne pleure pas. Ou bien, elle pleure à l'intérieur. Elle regarde je ne sais quoi. La corniche ? L'œil fixe. Fixe si longtemps, si fixe que même si on veut essayer sans cligner des paupières, on n'y arrive pas. Ce regard humide attiré par l'au-delà, personne ne peut l'imiter. C'est un regard qui vient du fond d'elle-même, de tout ce qu'elle trimbale depuis que je la connais, ma mère. Parfois, elle s'arrêtait ainsi de vivre, suspendue entre deux mondes. Maintenant, l'immobilité dure plus longtemps. Avant, tu agaçais parce que tu t'absentais en pleine conversation, aujourd'hui, tu inquiètes. Il y a dans tes yeux une envie de pleurer. C'est comme si tu avais envie d'aller là-bas, au pays de l'absence, pour toujours.

Elle susurre quelques mots que je n'entends pas,

mais c'est peut-être à elle qu'elle les adresse. Elle laisse échapper un petit geste qu'elle aurait préféré retenir, mais elle n'a pas pu, parce qu'il signifie bien qu'elle est en conversation avec elle-même.

Un geste pour elle. Elle se dit quoi au son de *La Traviata* ? Quelle histoire est-elle en train de se raconter, les yeux au plafond ?

Je m'approche doucement, je remonte sa veste qui a glissé de son épaule, elle est habillée à l'intérieur comme pour l'extérieur… Elle a froid, plus rien ne peut la réchauffer, ni la couverture, ni le feu. Elle sort de ses rêveries pour dire : « J'ai froid. » On suffoque dans l'appartement, le chauffage est au maximum, on ajoute des bûches dans la cheminée, elle sort de ses rêveries et murmure : « Touche mes mains, elles sont glacées. »

À quoi pense-t-elle ?

Il est possible qu'elle ne pense à rien quand son regard se fige. Est-ce possible que le vide se soit glissé dans sa tête ? Le vide, le vent, l'air, la glace, le courant d'air, le néant.

Le vide a rempli le cerveau de ma mère ; elle flotte dans le temps, elle flotte dans l'espace, elle est là et elle n'est plus là.

Alzheimer, est-ce le nom que le professeur Dubois

n'a pas osé prononcer devant moi ? Est-ce le nom de cette maladie qui déconnecte le cerveau d'une personne ? Tout à l'heure elle est entrée dans la chambre de son petit-fils et elle lui a demandé qui il était, s'il avait une sœur.

Jamais devant moi tu n'as osé poser de telles questions. Est-ce parce que tu t'efforces de paraître à mes yeux le mieux possible que tu ne veux pas céder à l'effondrement ?

– Viens, maman, viens voir sur mon ordinateur les photos de notre ancienne maison de Fédala.

Elle me reprend :

– On dit Mohammedia maintenant.

Elle a raison.

– Et comment as-tu eu ces photos ?

– Une lectrice qui habite Pont-Blondin a photographié la plage, le champ, les rochers où je jouais enfant avec Corinne, ma chambre, notre jardin, la plaque de la maison : « Les Romarins » et me les a envoyées.

– C'est gentil. Oui, c'est gentil. Que de bons souvenirs, dit-elle, attentive aux images qui défilent.

Mais je ne sais pas ce que sont ses souvenirs. Je ne sais pas si elle en a. Je ne sais pas si ce n'est pas une de ces phrases toutes faites qu'elle ressort parfois d'un tiroir, je ne sais pas à quoi le mot « souvenir » est connecté.

Elle regarde les photos, les yeux en partie dans le

vague. Peut-être se souvient-elle quand, en bikini, elle descendait l'escalier recouvert de plantes grasses pour aller à la plage, à la pêche aux oursins, pour aller saluer notre voisine qui avait eu un bras cassé, lors du tremblement de terre d'Agadir. Soudain maman s'exclame devant le bâtiment excentré au fond du jardin :

– C'était ta chambre ? Mais la terrasse n'était pas recouverte ?

– C'est vrai, elle ne l'était pas, les nouveaux propriétaires ont dû fermer la terrasse sur laquelle les crabes montaient tant nous étions proches de la mer. Les crabes ont trouvé porte close et ont dû rebrousser chemin. Il n'y a plus de terrasse, plus de crabes devant ma chambre de Pont-Blondin.

– C'est dommage.

Oui c'est dommage. Les images défilent : « "Les Romarins", oui... Le champ sur lequel tu galopais à la tombée du jour. Oui. C'est bien, c'est ça. »

Tu te rappelles l'allée que tu avais construite en galets, le bob à fleurs vissé sur ta chevelure blonde ? Sa tête remue comme si elle se souvenait.

Je lui dis que j'ai envie d'y retourner, de revoir la maison. Elle me le déconseille, elle n'aime pas les maisons, et elle ajoute : « Il y a plein de monde maintenant sur cette plage. »

Elle a l'air bien derrière mon bureau, attentive,

sûre d'elle. « Tu travailles là ? C'est beau chez toi. C'est beau ces fleurs. » Mais elle n'en veut pas dans sa chambre, les fleurs dégagent du gaz carbonique et leur parfum lui fait tourner la tête. Chez nous, les plantes étaient dehors, pas à l'intérieur.

« Regarde cette image : les chevaux sur la plage, ils viennent y galoper. »

Elle grimace en silence, sûrement pense-t-elle que c'est sale, une plage avec des chevaux.

Plusieurs fois : « Comment as-tu eu ces photos ? »

Il y a une phrase que j'ai appris à bannir de mon vocabulaire : « Je te l'ai déjà dit. » En user était un luxe. Comme s'il suffisait de le lui souligner pour qu'elle ne repose plus la question. Les informations nouvelles ne la pénètrent plus, elles glissent. Elles l'éclairent quelques secondes et la lumière disparaît, laissant place à un étonnement neuf, incrédule.

« Regarde, il neige… »

Elle me fixe, ses yeux me demandent si elle doit s'en réjouir puisque c'est moi qui le dis.

Les souliers à l'envers

Et si on allait à l'Italien ?

Tu t'interroges, cela peut prendre beaucoup de temps. Tu pèses le pour et le contre, selon ton expression. Tu pèses longtemps. Ta volonté vacille devant un choix quel qu'il soit. Tu dis oui et quelques instants après tu dis non, sans prendre vraiment le temps de réfléchir. Tu t'affoles, tu nous demandes, en quelque sorte, de te délivrer de ce supplice : décider.

Si j'insiste, tu t'énerves, tu peux même pleurer tant tu es perdue, confrontée au choix, avant d'être contrainte à l'abandon : « C'est vous qui décidez. »

Alors je te présente posément l'alternative : un plateau devant ta télévision ou, juste au coin de la rue, « Al dente » où il y a de merveilleuses pizzas.

Tu hésites, tu n'as plus de désirs, plus de volonté. Tu ne sais pas. Même pour les petites choses, tu t'en réfères à moi. Un plateau-télé ou le restaurant ? C'est moi qui dois savoir pour toi. Tu es à présent cette femme qui, pour tout, s'en remet à moi. Je ne peux plus rien te demander.

Alors, je tranche. On y va tous ensemble. « Maman regarde, tu as mis tes souliers à l'envers – elle rit – assieds-toi, je vais te les remettre à l'endroit. » Deux pulls, un manteau fourré, une écharpe, te voilà équipée. Elle est maintenant sur le seuil de la porte et elle m'apostrophe : « Je reste si tu veux ? » Je perds patience. J'ai du mal à ne plus l'écouter, à décider pour elle comme si elle n'existait plus.

Il ne faut pas l'acculer, sinon elle se noie et, quand elle est vraiment perdue, elle culpabilise les autres, exploite le sacrifice : « Vous serez mieux entre vous !... » Ça sent le piège... Chaque sortie est devenue un psychodrame. Je fais semblant de me plier à son choix. « Bon, tu restes ? » On remonte les deux marches qu'elle avait péniblement descendues, je sais que sa volonté s'affine au pied du mur, nous sommes au pied du mur... Alors elle dit : « Moi, j'irais bien, mais c'est pour ne pas vous déranger... » Marche arrière.

Je suis fatiguée, même si obtenir un commencement de volonté est une victoire. J'ai à peine le temps d'en profiter qu'aussitôt elle recommence : « Je suis bien à l'intérieur, j'ai peur d'avoir froid... » J'aurais dû m'en douter, chaque fois je me fais avoir.

J'ai l'impression qu'on va rester toute notre vie entre les marches de l'escalier, il y a, en effet, autant de bonnes raisons de rester que de sortir. La balance tangue, j'ai la tête qui tourne, j'hésite aussi, contaminée, un cauchemar. « Allez viens », lui dis-je. Elle râle, s'arrête sur chaque marche, comme pour me faire payer ma décision. Elle perd une chaussure, je la lui remets, elle dit que l'on marche trop vite, qu'elle va tomber. Deux étages, dix minutes.

– Tu verras, quand tu auras mon âge...

L'addition arrive.

– Tu verras...

Il y a de la menace dans ces mots, ce petit quelque chose qui projette dans un futur de malheur. Elle rectifie :

– Toi, tu ne seras jamais vieille.

– Maman, je serai vieille comme tout le monde. Sinon, c'est que je serai morte.

Elle hurle :

– Ne dis jamais ça !

« Est-ce que les petites filles peuvent mourir ? » Je lui ai posé la question alors qu'elle brossait son opulente chevelure. J'avais cinq ans. « Les petites filles ne meurent jamais », m'avait-elle répondu. Pourquoi m'as-tu menti ? Je trébuche à mon tour.

« Vous ne prenez pas l'ascenseur ? » demande mon mari. Elle pousse un cri, l'ascenseur ? jamais ! elle préfère mourir, d'ailleurs elle mourrait si elle le prenait : « Je suis claustrophobe, depuis que je suis petite, je suis claustrophobe. » Elle dit de plus en plus souvent « depuis que je suis petite », les souvenirs remontent, ils sont plus précis dans le passé qu'au présent. « Ma sœur m'avait enfermée dans un placard, dans le noir et j'ai crié longtemps pour qu'on me délivre... » Voilà pour l'explication et pour l'excuse. On est en bas, maintenant il faut monter dans la voiture. Le sac est tombé dans le caniveau, la ballerine aussi : « Achetez-lui des souliers à lacets ! » lance mon mari. On peut perdre un homme parce qu'on a décidé d'emmener sa mère au restaurant.

Après cinq minutes de trajet pour quelques mètres de distance, nous sommes arrivés à l'Italien un peu fâchés. Elle veut garder son manteau. Puis elle change d'avis. On ne va pas se disputer pour un manteau. On tranche : sur les épaules. La conversation s'essouffle vite. Quand elle commence à dire que le chien est gentil, ce n'est pas bon signe... On tourne en rond dans son monde. Alors j'essaie un chemin de traverse : les enfants, leurs études, l'aîné qui est revenu de l'internat pour Noël, cela faisait quinze jours que je ne l'avais pas vu, on ne va pas répéter toute la soirée que le chien est gentil... Mais tes yeux se détournent vite pour s'arrêter sur un point inattendu, la poignée de la porte d'entrée du restaurant, tu la fixes tellement que tu fronces les sourcils, toi qui longtemps as maîtrisé tes expressions pour éviter les rides... Puis le regard cloué au sol, tu t'échappes ; ton esprit ne tient plus en place, il revient à ce que tu connais. Un terrain délimité, consciemment ou pas. Léo, Zoubida, Aïcha, moi, Louis, Annie, ceux qui t'aiment et qui s'occupent de toi. Et si tu avais raison ? Ceux qui tentent toujours de conquérir les territoires ennemis devraient en prendre de la graine. Tous les autres sujets te font disjoncter. Ton esprit saute, comme les plombs, brutalement, et c'est l'obscurité. Les études, les enfants, les livres, tu t'en fiches ou bien ils retiennent ton attention quelques secondes au prix d'un effort que l'on ne peut plus te demander.

Si je te surprends en pleine tentative d'évasion dans ton monde, il t'arrive de me dire : « Laisse-moi, je suis comme ça, va t'occuper de tes enfants. » Je devrais t'écouter, te laisser, un peu, j'ai du mal, je sens que, si je ne te maintiens pas la tête dans notre monde, tu vas couler dans le tien, que tu ne tiens plus à grand-chose.

Les garçons sourient, ils savent la faire rire, régresser avec elle, pénétrer son univers de grimaces et de farces, mieux que moi. L'avenir, leurs choix, ce sera pour une autre fois, on va rester sur Finette et le chien. Tu ne devrais pas lui donner un bout de pizza, la chienne est obèse et encore plus mal élevée qu'à l'accoutumée quand tu es là, mais tant pis, cela te fait tellement plaisir de la nourrir.

On glisse, l'interro de maths s'est bien passée ? Tu t'en moques, tu as fichu le camp, tu souris, absorbée par autre chose, mais par quoi ?

Tu n'es pas contente de ton plat, tu n'aurais pas dû prendre des ravioles, tu ne les aimes pas, il y a de la viande hachée dedans et c'est très dangereux, tu n'en manges pas. Il y a des gens qui meurent empoisonnés par de la viande hachée… Au Sun Beach, les ravioles sont au fromage, tu croyais qu'ils étaient au fromage comme au Sun Beach. Pardon. On peut commander autre chose, c'est rapide ici, non tu n'as plus faim, cela t'a dégoûtée de voir les ravioles, je suis désolée, j'aurais dû choisir pour toi.

Le retour, les mêmes paniques pour monter dans la voiture, même cirque dans les escaliers, même soulier perdu, même peur de l'ascenseur, même allusion à la sœur qui l'avait enfermée dans un placard. Même apitoiement de ma part. Les enfants : « Maman, c'est vrai que mamie était enfermée dans un placard ? » Pas sûr… « Tu vois, c'était bien, tu as bien fait de venir. » Silence. Puis après réflexion, elle laisse passer un « oui » glacial.

Je ne veux pas la cloîtrer à la maison, je ne veux pas qu'elle oublie le monde ; j'ai déjà supprimé les expositions et presque renoncé au shopping.

Dès que nous sommes rentrés dans la petite boutique, tu t'es mise à hurler, tu ne voulais rien essayer, tu voulais toujours t'asseoir et tu t'adressais aux vendeuses comme si elles étaient tes meilleures amies : « J'ai été opérée d'un cancer du sein, c'est pour ça que je n'ai qu'un sein. » Puis tu avais chaud, puis tu voulais de l'eau, puis aller aux toilettes.

Je suis quand même parvenue à t'acheter cet ensemble qui te va très bien. C'est fou ce que tu es belle dedans ! Tout te va, tu es mince, tu sais porter la toilette. Voilà pour l'apparence, mais qu'est-ce qui se passe à l'intérieur ?

« Maman, es-tu heureuse ? »

Maman, es-tu heureuse ?

Tu m'as répondu que oui, assez vite, sans beaucoup réfléchir, juste le temps de comprendre mon étonnante question. Je pense qu'hormis les départs qui t'inquiètent, tu es heureuse dans un monde immobile, protégé, où tu aimes bien déambuler. Si tu ne l'étais pas, je serais la première avertie, tu viendrais revendiquer plus de bien-être, comme tu demandes plus de chauffage ou plus de caramel. Après la mort de papa, tu t'ennuyais, tu m'appelais tous les jours à Paris pour me le dire. Jusqu'à ce que j'aie renoncé à toute distraction par solidarité. J'oubliais que ma mère sortait de cet effondrement en un clin d'œil, alors que je chutais profondément. Ma mère était légère dans ses effondrements, alors qu'ils déclenchaient en moi un mal mystérieux qui m'empêchait de respirer, et m'anéantissait.

Parfois, tu me toises d'un air admiratif et je ne sais quelles réminiscences de ta vie remontent. Tu dis : « Elle est forte, ma fille », comme si tu t'adressais à quelqu'un d'autre.

Puis : « Si ton père te voyait… » Il verrait quoi ? Que je t'entoure des personnes qu'il faut, que je suis derrière elles parce que je ne peux pas être à leur place. Que nous ne vivons pas dans le même pays, que longtemps cela a été notre drame, notre déchirure. Mon écartèlement, ma culpabilité.

Je n'aime pas te toucher, te laver, t'habiller. Je ne peux pas. Je ne suis pas cette fille-là. Corinne aurait pu, elle pouvait t'embrasser, te caresser, peut-être parce que tu étais une mère avec elle, alors que tu ne l'étais pas avec moi. Est-ce la raison pour laquelle je ne peux pas, pour laquelle je n'ai jamais pu ? Même à l'époque, j'évitais tes baisers.

Quand on est rentrés du restaurant, je t'ai raccompagnée dans ta chambre. Tu étais tout engoncée avec ton sac vide que tu ne lâchais pas, ton châle et ton manteau. Je ne pouvais te laisser dormir ainsi. Alors, je t'ai aidée. Je l'ai fait en te disant que c'était dur pour moi. Ce n'était pas bien de te l'avouer, mais je n'ai pas pu faire autrement. Tu m'as répondu que tu pouvais te mettre seule en chemise de nuit. Et je t'ai crue parce que cela m'arrangeait, parce que cela me semblait insurmontable de te voir nue. Je t'ai donné tes barres de chocolat, ton eau, ta peluche, j'ai enchaîné les gestes que je pouvais.

Je ne t'ai pas préparée pour la nuit, comme tu dis joliment, et je suis allée me coucher.

Mais à peine trois minutes plus tard, tu m'as appelée. Ta voix affolée et autoritaire résonnait dans l'appartement. J'ai accouru. Tu t'étais empêtrée dans un pull que tu avais voulu superposer à ta chemise de nuit. Je t'ai fait lever les bras pour te l'enlever ; tu pleurais comme si cela te faisait mal de lever les bras. Ne fais pas la comédie... Voilà que j'emploie les mêmes mots que tu employais quand j'étais petite : « la comédie... ».

Voir ton corps abîmé, ton bras droit amaigri à force d'être paralysé, une crevasse noire à la place d'un sein. J'ai fermé les yeux, mais j'ai dû les rouvrir aussitôt pour secourir ton bras coincé dans le mauvais trou.

Je ne veux pas être ton infirmière, je ne peux pas.

Chaque soir, je dois élever la voix pour qu'elle aille se coucher, pour qu'elle ne vienne pas dans ma chambre, solliciter mon aide, mon attention, me confier ses inquiétudes qui montent avec la nuit. Allers-retours incessants, où se mêlent l'angoisse de dormir, la peur de partir, la peur des cauchemars, le manque d'eau, de gâteau, les problèmes de personnel, tes favoris, cela remonte la nuit comme la marée, tout remonte la nuit comme si tu voulais tout résoudre avant de dormir.

Tu pars quand ? Je ne pars pas, maman. Mais si, tu pars pendant les vacances. C'est quand les vacances ? Vous pouvez rester ici, c'est bien ici ? Oui, maman, on reste ici, on ne bouge plus. Et moi, je pars quand ? Quand tu veux… Tu as averti Zoubida ? Oui, maman. Il y a quelqu'un pour la payer ? Oui, maman…

Est-ce pour me retenir que tu me poses toutes ces questions ? Comme les enfants, au moment du coucher, qui veulent parler pour ne pas dormir. C'était une bonne soirée… J'ai envie que tu me le dises, j'ai envie de cette petite récompense. Alors, je parle, comme toi, je reviens en arrière, je raconte que dans ce restaurant, on se sent un peu chez nous, on embrasse la patronne, on se glisse sur notre banquette habituelle près de l'entrée… Tu vois, tu m'as un peu contaminée, j'aime les habitudes, d'ailleurs tu approuves. On connaît presque toujours nos voisins. Regards en coulisse étonnés quand maman s'est mise à manger avec les doigts. Je lui ai remis une fourchette entre les mains et pour ne pas perdre la face, elle m'a dit : « Au Sun tout le monde mange comme ça. »

Petite menteuse. Parfois, tu te rends compte des choses et tu travestis la vérité. Hier, comme tu ne parvenais pas à aller aux toilettes toute seule, tu as finalement avoué que c'était trop loin… Est-ce que les gens qui perdent la tête en ont conscience ? Est-ce que la cruauté va jusque-là ?

Puis tu te mets à fredonner, mes hommes me regardent pleins de reproches, comme si je ne te tenais pas. Moi, tout doucement : « Maman, on est au restaurant. » Alors comme une enfant : « Je ne fais rien de mal, je chante. »

Nos voisins, un couple, sourient, compréhensifs, grâce à toi, on échange quelques mots. Il a le regard plein de compassion, il est médecin.

Maman flotte, elle aime vivre à côté de la vie, elle aime que je vive pour elle et me regarder comme si c'était elle. On est bien dans ce petit Italien près de la maison. On discute avec nos voisins, nos enfants se connaissent. On s'échappe un peu avec nos amis d'un soir. Maman ne s'intègre à aucune discussion, il faut que je lui traduise, comme si j'étais la seule sur cette terre à parler sa langue ; d'ailleurs, je suis la seule. Parfois, elle me tape sur l'épaule et elle m'entraîne dans son monde schizophrénique : oui Aïcha gentille, oui Zoubida aussi.

Oui le chien aussi, non il ne faudrait plus lui

donner de pizza, et encore moins des ravioles même si tu ne les aimes pas.

Non, ce n'est pas grave si je tourne le dos à ces gens, si je parle avec toi parce que tu ne peux pas parler avec eux.

Au bout d'un moment, je me détourne de toi, épuisée. Ton univers est envahissant et vide à la fois. On ne peut y rester enfermé trop longtemps.

Il est minuit, tu as trouvé le chemin de ma chambre. Je te regarde, je pose mon livre et je t'invite à t'asseoir, mais très vite, tu te relèves, j'ouvre la boîte de macarons que je garde sur ma table de nuit, je t'en offre, tu les regardes, « mauve ? vert pâle ? une couleur chimique… ». Tu fronces le nez, tu ne t'aventures pas, tu dis que tu vas chercher le chien, tu dis que la pauvre bête est seule dans la chambre et tu ne reviens pas.

Bonsoir, maman.

C'est bientôt demain ?

Le chien a été malade toute la nuit. Il a abîmé la moquette à cause du chocolat, de la pizza, des ravioles que tu lui as donnés.

Tu t'en fiches de la moquette, tu veux encore le nourrir. Je t'en dissuade, regarde les dégâts ! Maman prend la tête d'une petite fille coupable : « Je vais nettoyer »... Je m'agace : « Tu sais bien que tu n'es pas capable de nettoyer. » Maman se rebiffe : « Si tu crois que Plouc, l'horrible chien de ton père, le braque allemand qui balayait tout sur son passage avec sa queue, n'a pas fait des bêtises quand il était petit ; je n'aime pas les chiens de chasse... »

Grimace pour accompagner ses propos. « Pourquoi tu n'aimes pas les chiens de chasse ? » Maman lève le ton :

– Je ne sais pas, moi, pourquoi je n'aime pas les chiens de chasse ! Ils sont grands, comme des ânes !

– Mais qu'est-ce qu'ils t'ont fait les ânes ?

Elle me regarde, désolée.

– Oui, c'est gentil un âne, dit-elle, mais pas les chiens de chasse.

Avant, je me serais entêtée. Je lui aurais dit que détester les chiens de chasse était une forme d'intolérance, de racisme même, et que, ça, je ne pouvais pas l'admettre, que d'ailleurs mon chien était aussi un chasseur. Qu'il entrait dans les terriers dénicher les lapins. J'aurais fini par hurler, elle par pleurer. Je respire. J'abandonne. Je reprends :

– Tu te fiches de ma moquette, je sais que dès que j'aurai le dos tourné, tu vas lui redonner à manger…

Soudain :

– Noël, c'est bientôt ?

– C'est demain…

– Demain ? Mais tu pars quand ? Et moi je pars quand ?

– Après Noël.

Elle m'a posé la question cent fois, j'ai répondu cent fois.

Que signifie demain pour elle ? Demain est devenu une notion vague.

Alors, je lui ai dit : « Profite du moment… » Je reprends mon rôle de mère.

– Demain…, répète-t-elle doucement…, c'est vite demain ? Pourquoi tu pars ?

– Les enfants ont besoin de vacances, ils veulent skier.
– Et moi ?
– Toi aussi, toi aussi tu pars et après, tu reviens.

Tout ce que j'ai réussi dans la vie, c'est en parvenant à faire le contraire de toi. Au prix de quels efforts ! J'y suis arrivée en luttant. Parfois, je cède, j'écoute ta voix en moi et je ne bouge plus. Je n'aime pas te ressembler. Tu ne cesses de me dire : « Pourquoi tu sors ? Tu es bien chez toi. Pourquoi tu te fatigues à écrire ? » Je t'admire de ne pas avoir besoin de te lancer des défis, de ne pas avoir besoin de reconnaissance, de naviguer dans la vie en suivant ta propre boussole, de vivre au rythme de ta fatigue, de tes envies sans qu'aucun autre critère, en dehors des tiens, ne vienne te perturber.

Tu es la plus forte, tu es comme Freud pour qui seule comptait l'opinion qu'il avait de lui. Tu disais : « Ceux qui parlent de moi, parlent à mes fesses », « Chacun voit midi à sa porte », et ce n'étaient pas des phrases toutes faites, c'étaient des principes de vie et tu les appliquais.

Tu chantais : « Dans la vie faut pas s'en faire. Moi, je m'en fais pas. Voyez-vous sur terre les petites misères seront passagères… »

Le meilleur des mondes. Le monde réel te fait peur. Alors, tu en inventes un autre et tu protèges ceux que tu aimes de celui-ci : « Attention. » « Attention » brandi comme un bouclier. « Attention » en saccades, en cascade, des flots bouillonnants d'« attention »... Tes craintes sont des mots d'amour parce que l'amour va avec la peur.

Le résultat ? Peu t'importe, à condition qu'il n'ait pas fallu se donner du mal, le mot « mal » pour ta fille est insupportable. Mieux vaut être médiocre plutôt que de risquer de se contrarier, de se fatiguer, de s'enfermer, assise derrière une table alors que dehors les jolies filles se pavanent. Si je n'avais pas travaillé dur, je n'aurais pas gagné les quelques avantages dont tu te réjouis parfois comme une enfant. Maman est dubitative.

Maman ne s'est jamais contrainte. Peut-être à venir nous chercher à la sortie de l'école, mais je crois que cela lui plaisait bien de conduire. Elle a eu une Dodge Dart décapotable jaune paille, une Floride blanche et rouge, une Alfa Romeo gris métallisé, elle nouait des foulards autour de son cou, portait des lunettes noires, elle s'arrêtait au marché, cela lui plaisait aussi de se mêler aux marchands, à ceux qui l'appelaient par son nom et qui lui réservaient leur meilleur choix.

Elle n'a jamais rempli une feuille d'assurance, ni

organisé des voyages. Elle n'était pas débrouillarde, elle n'a pas eu besoin de l'être.

Elle s'invente des histoires parfois si romanesques que j'ai failli croire à la dernière : elle ne payait plus de loyer parce que le propriétaire de son appartement était mort dans l'accident du World Trade Center. Elle était si persuasive que je l'ai crue un instant. Puis j'ai vérifié auprès de sa banque, les mensualités étaient débitées chaque mois et son propriétaire bien vivant.

Tu mens sans problème parce que tu ne sais pas que tu mens.

Tu grattes à ma porte et tu fais irruption dans mon bureau. Tu me dis : « Je ne suis pas frileuse. »

Pourquoi, tout à coup, prétends-tu ne pas être frileuse, alors que tu te plains toute la journée d'avoir froid ? Que l'on a dû ajouter un radiateur électrique dans ta chambre qui en comptait déjà deux ?

Alors je cède, j'arrête de travailler et je t'approuve :

– Non, tu n'es pas frileuse. Tu veux t'asseoir ?

– Noël, c'est dans combien de temps ?

– C'est demain et demain je te donnerai tes cadeaux !

– Des cadeaux ?

L'émotion est trop forte, voilà ma pauvre maman

en chemise de nuit qui se met à pleurer parce qu'elle va recevoir des cadeaux. Je n'aurais pas dû employer le mot de Noël, ni celui de cadeau. Elle pleure, comme elle pleure en écoutant la *Marseillaise*, même type de larmes, celles qui stagnent en surface et qui jaillissent quand, aux informations, on annonce une disparition ou un enlèvement, les accompagnant des mots « le pauvre ». Ça lui arrive aussi dans la rue en voyant un chat errant.

Cette fois, maman joue l'infortunée petite fille qui sanglote à l'idée qu'enfin quelqu'un ait pensé à elle.

Un beau rôle. Magnifiquement interprété. Pas besoin de scénariste, ni de metteur en scène, elle s'invente des personnages sur mesure. Elle relève la tête, cette fois elle surjoue, elle est Cosette, il manque les haillons.

Quoique.

– Et si tu allais t'habiller ?

J'étais fatiguée ce matin.

– Mais c'est vrai, il va y avoir des cadeaux ?

– Oui, maman, plein de cadeaux au pied du sapin…

Qu'est-ce que je lui ai acheté déjà ? Un pull en cachemire rose pâle qu'elle oubliera en partant, une crème de jour et une crème de nuit, elle jonglera avec cinq minutes, le temps de m'en rappeler le bon usage, une doudoune longue pour sortir, des bottes fourrées qu'elle n'enlèvera plus, un bracelet en perles orange comme du corail et, surtout, une boîte pleine de graines de sésame caramélisées.

L'expédition

Et si on allait faire des courses ?

Sourire de l'ancienne coquette. Sourire que déclenche le mot « courses » comme un automatisme.

– Je connais un rayon lingerie épatant. On y va ?

– Tu sais le matin, je suis toujours un peu fatiguée.

Pour attiser son intérêt, je mets Noël dans la balance : « Tu veux voir les illuminations des grands magasins ? » L'année dernière, les décorations étaient bleues, les guirlandes, les boules bleu nuit se découpaient sur le vert des branches, c'était magnifique. Vert comme la pelouse qui descendait jusqu'au bleu de la mer de notre maison de Fédala. Tu te souviens ? « Oui, c'était beau », dit-elle faiblement.

On pourra y trouver quelques inspirations... Je n'ai jamais été douée pour décorer les arbres de Noël, les miens sont une longue suite de ratages, même quand j'imite ceux des grands magasins, je rate.

Tu mettais du coton pour imiter la neige. « Ça se faisait au Maroc », me dis-tu pour défendre ton sapin.

On y va ?

Son désir vacille comme toujours. Maman a un désir vacillant. Elle ne sait pas si elle veut. Sa dernière ruse est de reporter la décision à plus tard. Échappatoire classique.

– On ira après la sieste, me dit-elle, quand cela te dérangera le moins.

J'insiste.

– Après tu vas regretter quand tu seras à Casa.

– Parce que je pars à Casa ?

Ah oui, tout ce qui peut poser un problème est bon à prendre.

On a le temps…

– Tu veux bien t'acheter de la lingerie ? Tu m'as dit que tu voulais t'acheter des culottes. On y va ?

Elle me regarde affolée, au bord du précipice.

– Maintenant ?

Je lui enfile un manteau, le plus chaud et le plus léger. Elle crie toujours un peu quand sa main glisse dans la manche, alors je passe la mienne avant pour vérifier que rien ne bloque.

Le sac, on n'oublie pas le sac, même un sac vide avec juste quelques caramels dedans. Cela fait partie de son identité de femme, le sac. Je comprends. Passage obligatoire aux toilettes, à la cuisine, boire avant l'expédition… Les chaussures, l'écharpe… Où est l'écharpe ? La préparation prend vingt minutes au moins, le taxi attend en bas, moi je navigue entre l'entrée et sa chambre. Tu es prête ? Pas tout à fait ? On y est presque, tu repars parce que tu as oublié quelque chose…

Donc pas le choix : on tente.

Tu n'arrives pas à remettre ton manteau ? Pourquoi l'as-tu enlevé ?

Je reviens dans ta chambre, mais tu as aussi enlevé tes souliers ? Je remets les souliers. Allez, on est dans l'escalier, proche du but, oui tiens-toi à la rampe et mon bras de l'autre côté, une marche puis une autre.

« Mais tu sais, on peut aussi y aller demain ? » dit-elle. Un pas en avant, un pas en arrière selon sa bonne habitude.

Avant j'en tremblais, parfois je pleurais, maintenant je me résigne, ce n'est pas de l'indifférence, c'est de l'expérience.

On approche de l'avant-dernière marche… Alors je répète :

– On a dit maintenant.

Zen.

– Mais je crois que demain, c'est mieux.

– C'est pareil…

– J'ai un peu chaud.

– On sort dans trois secondes…

Ce serait plus simple si tu acceptais de monter dans l'ascenseur.

– Jamais ! hurle-t-elle avec toute la force qui lui reste. Je dois descendre doucement, j'ai eu un accident.

Maman n'a jamais eu d'accident. Peu importe, ce n'est pas le moment de polémiquer ni de la contredire.

Dans le taxi, elle hurle à chaque coup de freins et évite les voitures avec son corps.

Le chauffeur se retourne, je lui fais signe de ne pas tenir compte des plaintes de maman, il se justifie : « Je ne vais pas emboutir la voiture devant... » « Oui, monsieur, vous avez raison. » Maman dit « aïe » à nouveau, l'homme est à bout de nerfs, il marmonne : « Trente ans que je fais le taxi... ! » Il ne connaît pas maman.

Maman répète « attention » toutes les deux minutes.

Le type n'en peut plus. Je dois le prendre à part, avant qu'il nous jette sur le trottoir, mais elle continue, fort :

« Je te dis qu'il conduit mal ! »

Il sursaute, rouge de colère et moi doucement :

– Monsieur, monsieur, vous conduisez très bien, ne faites pas attention...

– Pourquoi lui dis-tu de ne pas faire attention ?

Maman a toujours eu l'oreille fine et l'a conservée pour nous compliquer la tâche...

Elle est de mauvaise humeur parce qu'elle sort. Parce que je l'ai bougée, dérangée. Elle sera heureuse après.

Elle vit mieux les événements après qu'ils se sont déroulés, comme beaucoup de gens malheureux, alors elle enjolive, réinvente... L'événement en lui-même a moins d'intérêt que tout ce qu'elle peut broder autour.

Bientôt on n'aura plus besoin de la réalité.

Le type freine brusquement, juste devant le magasin. Il marmonne : « Trente ans que je fais le chauffeur dans Paris !... »

On a frôlé le carnage.

Hurlements. Deux personnes viennent à notre secours. Maman ne sait plus prendre les escaliers mécaniques. Elle a oublié. Elle hésitait l'année dernière, mais elle savait. J'ai les larmes aux yeux, je ne sais plus si c'est la peine ou l'énervement, ou les deux. Je suis méchante juste un instant, je lui dis : « Je ne peux plus t'emmener où que ce soit ! » Elle se défend, la pauvre : « Si tu crois que chez nous il y a des tapis roulants ! » Elle a raison. Pardon. Tu as raison, chez toi, il n'y a pas d'étages dans les magasins.

Nous avons atterri au rayon femmes, le rayon Noël est au-dessus, on n'y arrivera pas. On s'arrête là.

On erre entre les stands, entre les portants pleins de vêtements, elle ne me lâche pas du regard, elle m'appelle dès que je la dépasse d'un pas. J'ai honte de l'entendre crier mon prénom et j'ai honte d'avoir honte.

– Puisqu'on est là, passe une robe.

J'en attrape une et je la colle contre moi, devant mes épaules pour qu'elle s'imagine dedans :

– Ça te plaît ? On est là, tu veux essayer ?

– Non, rien de plus embêtant qu'essayer.

– L'arbre est un étage au-dessus, tu veux y aller ?

Une branche dépasse du troisième étage ; cela suffit une branche…

On se penche :

– Ils ont choisi la couleur dorée cette année.

– C'est beau.

– Oui.

– On va les imiter, on va garder les boules et les guirlandes mordorées… Tant pis si je le rate celui-là aussi.

Maman rit. C'est toujours ça de gagné.

– Ici les ascenseurs sont vastes, rien à voir avec celui de notre immeuble, tu ne risques aucune crise de claustrophobie, maman.

Mais elle me toise comme si j'avais voulu attenter à sa vie.

Bon, pas le choix, on va emprunter l'escalier, cela va prendre un certain temps. Elle dit que les guirlandes qui entourent la rampe de l'escalier sont jolies. Elle dit : « C'est beau en France », elle s'exprime comme « les étrangers ».

Ce matin, les rues étaient blanches. Ici, il suffit de regarder par la fenêtre, on n'a pas besoin de coton.

– C'est beau Noël sous la neige.

– Oui.

– C'est comme si Dieu avait fait exprès.

– Oui.

Plus que cinq marches.

On est au rez-de-chaussée.

Je l'attrape par le bras, son bras si maigre, comment peut-on être si maigre avec tous les caramels qu'elle mange. Bon. On ne peut repartir sans rien acheter. Je trouve un feutre au passage, « une cloche », tu adorais les chapeaux-cloches et les colliers de perles, ton côté Audrey Hepburn. Je te le colle sur la tête.

– Regarde, il te va bien.

– J'ai toujours eu une tête à chapeaux, dit la coquette, sans même se regarder dans un miroir ; elle me fait confiance.

– Toi aussi, tu as une tête à chapeaux, tout le

monde dans notre famille, ta sœur aussi avait une tête à chapeaux, tu devrais t'en acheter un, je te l'offre…

Je paie, vite, tu n'aimes pas attendre, tu veux une écharpe assortie, regarde comme c'est joli ? Oui, c'est joli. Voilà, j'enroule l'écharpe autour de ton cou, tu es magnifique, tu regardes derrière toi comme si tu cherchais quelques admirateurs. Et tu en récoltes un, une aimable vendeuse. Je te laisse un instant profiter de ta nouvelle conquête, voilà, merci madame, vous avez sauvé la journée.

Le dernier homme de ta vie est mort il y a deux mois. Tu en parles parfois. Je ne sais pas à quel point tu as de la peine. Je ne sais pas si la maladie n'est pas un écran à la peine. Tant mieux si elle en est un. Maman qui a tant plu aux hommes n'en aura plus. Fini les hommes, les minauderies, les marivaudages.

Je me souviens du désarroi d'une vieille coquette le jour de la mort de son amant : « Mon dernier amant est mort », répétait-elle. J'ignore si maman s'est dit une chose comme ça : « Mon dernier amant est mort. » Je ne pense pas que maman soit en état de s'avouer de telles choses. Pour déclarer la mort de l'amour, il faut encore aimer l'amour, en regretter la fin. Je crois que maman aimait celui qui l'accompagnait au Sun Beach, celui avec qui elle regardait la télévision, celui pour qui elle se mettait encore du blush sur les joues, plus que l'homme.

Ses amis sont fatigués, M. Bellot est mort d'une hydrocution en plongeant dans la piscine. J'ai toujours pensé que l'eau du Sun Beach était trop froide. Vingt degrés, c'est barbare. Il était beau, M. Bellot, il devait avoir près de quatre-vingts ans ; le corps musclé par le volley-ball et le teint bronzé par les déjeuners en plein cagnard. Tu m'en parlais souvent, il te faisait la cour et tu adores ça que l'on te fasse la cour. Un de moins. Bientôt, il n'y aura plus personne. Plus de nouvelles rencontres, non plus. Parfois, tu oublies et tu me dis que tu joues au bridge à Casa avec M. Bellot. M. Bellot est mort, Henri aussi et tu ne joues plus au bridge.

« Tu sais qu'il y a encore des femmes jalouses de moi ? »

Et c'est moi qui me mets à rire, comme quand ma petite sœur était là. Je ris. Tu te moques de moi. « T'es folle ? » Elle est rassurée. Alors, elle rit avec moi. C'est bon de l'entendre rire. Puis elle dit : « Des femmes jalouses ! Tu te rends compte ? Quelle chance ! »

Et le rire l'emporterait

Je lui ai donné les bottes et la doudoune avant le 24, elle en avait besoin pour faire son petit tour de pâté de maisons. Je me souviens qu'enfant je trichais à Casa, je m'introduisais dans le salon, alors que c'était interdit, je soupesais les paquets disposés au pied de l'arbre de Noël et, quand cela ne suffisait pas pour en deviner le contenu, je déchirais à peine, mais suffisamment, le coin des emballages.

Je me souviens d'un chat blanc en peluche avec des yeux verts.

Pourquoi le souvenir de ce chat est-il resté gravé dans ma mémoire ?

Hier, j'ai hésité à t'acheter une peluche, il y en avait tout un étalage à *L'Oiseau de paradis*, aussi craquantes les unes que les autres.

Je me suis retenue, pas à cause de ce stupide retour en arrière, l'histoire pathétique de la fille qui offre des peluches à sa mère, mais de peur d'entretenir ta folie, de la nourrir comme si je jetais des bûches dans un feu. J'ai résisté tout en me disant que c'était le cadeau qui te ferait le plus plaisir. Je ne peux être complice de ta folie. Acheter un nounours à sa mère, c'est la ranger parmi les séniles, les demeurés, les malades.

Je préfère mon agacement au renoncement.

Je m'y accroche à cet agacement que tu déclenches quand tu traînes ton petit singe, je m'y accroche de manière tenace, parce qu'une fois qu'il aura disparu, je me retrouverai confrontée à la peine. À la douleur de te voir amoindrie.

Parfois, je te gronde, je te dis : « Arrête de lui donner à manger. » Ou encore : « On ne mange pas avec les doigts. » Ou : « Ne m'appelle pas à tue-tête dans un magasin… » L'énervement est un luxe d'enfant gâté. Gâté parce que sa mère est vivante.

Parfois tu dis : « Prends de l'argent sur mon compte et offre-toi ce que tu veux. » Généreuse, responsable, décisionnaire. Vestige d'antan. Un instant, tu retrouves ton rôle. Puis très vite, tu effaces, l'inquiétude revient, le rôle de mère est vite englouti, tu appelles au secours : « Mais au fait, j'ai de l'argent sur mon compte ? »

Je la rassure. Soupir d'aise. Elle doute, néanmoins : « Mais il n'y a pas eu une crise ? »

Il lui faut plus de détails. Alors, je lui en donne, je mens :

– J'ai appelé ton banquier, il a très bien placé ton argent, tout va bien, tu n'as aucun souci à te faire.

– C'est vrai ?

Elle, retour au rôle de la mère : « Va te chercher ce que tu veux ! Ce que tu veux ! Un saaaaaac, des chaussuuuures, les deux ! ce que tu veux ! »

Moi, retour au rôle de la fille : « Merciiiii maman. » Avec plein de reconnaissance dans la voix. Maman est heureuse.

Rapide retour à la vie pratique :

« Je dois aller chercher de l'argent », comme si tu pouvais décider seule. Tu joues à celle qui se débrouille et je te laisse y croire. « Tu comprends, je dois aller acheter des cadeaux à Aïcha, à Zoubida. »

Oui, je comprends. Dans un instant, tu auras oublié.

Les cadeaux n'ont jamais été ton fort. À une époque, tu me rapportais des accessoires de coiffure : des barrettes pour queue-de-cheval, des pinces à chignon, ta valise de toilette en était bourrée, toutes pour moi. Mes cheveux n'étaient pas assez longs pour les utiliser.

J'ai fait semblant d'adorer les barrettes couvertes de perles, les barrettes en fausse écaille, les barrettes en strass, les barrettes en forme de nœud, d'autres arrondies ou recouvertes d'une tresse en cheveux synthétiques. Les chouchous en tissu, les chouchous avec des boules en plastique multicolores et transparentes comme des bonbons acidulés, des pinces à chignon classiques mais aussi fantaisie, des serre-tête, souples et rigides, importables. J'aurais pu monter un salon de coiffure, mais je préférais l'orienter vers une autre idée de cadeau sur lequel elle pouvait jeter son dévolu. Les gants de hammam firent l'affaire. Les gants ont succédé aux barrettes, des *rharkas*[1], des dizaines de *rharkas*, des *rharkas* de toutes les couleurs. Après le salon de coiffure, j'aurais pu ouvrir un bain maure.

Puis vint le tour des *chibakias*, ces merveilleux gâteaux au miel. Là, tu retrouvais encore mieux ton rôle de mère. Me nourrir. Je redevenais la petite fille trop maigre qu'il fallait forcer à manger.

Les rôles se sont inversés. Maman est une enfant. Je pleure et je ris à la fois : si ma sœur était encore là, le rire l'emporterait, on la ferait danser avec les nounours. Seule, je n'y parviens pas.

---

1. Gants en arabe.

Elle est là et pas là, maman. C'est une présence qui pèse en voulant ne pas peser. Là, pas là. Vient et repart. Parle mais ne dit rien. Rien qui compte. Quelques phrases toujours les mêmes. Cinq ou six sujets seulement.

Demain, Noël en famille à Paris, le Noël tant attendu. Mais l'idée du départ risque de lui gâcher Noël ; elle est ainsi. Quand tout va bien elle cherche une raison d'aller mal. Elle trouve. Elle a trouvé : la possibilité du départ rôde et annule le bonheur possible, ici, autour de l'arbre décoré de boules dorées comme dans les grands magasins. Elle annule, elle efface le bonheur, elle l'empêche, elle lui barre la route, elle monte des embuscades, elle cherche les petits soucis, plein de petits soucis montés les uns sur les autres, cela finit par faire une montagne de soucis, une montagne qui entrave le bonheur.

Elle revient.
Je pars quand ?
Qui viendra me chercher ?
Qui m'accompagne ?
Tu pars quand, toi ?
Tu reviens quand ?

On a prévenu Zoubida et Aïcha et Louis et Annie que j'arrivais ?

Voilà la pyramide de questions bien dressée qui inquiète, ton front est tout plissé, tu es contrariée, tu es parvenue à tes fins…

– Tu leur as parlé ?

– Oui.

– C'est sûr ?

– Oui. Tout est organisé, tu n'as aucun souci à te faire… Aucun… Je te l'ai déjà dit, je m'occupe de tout…

Elle me regarde dubitative, comme si elle n'aimait pas cette idée.

Le bonheur est suspect. Comme si, derrière lui, se cachait toujours le malheur. Le malheur tapi. J'avais cinq ans quand je t'ai demandé si les petites filles pouvaient mourir.

Tu m'as menti. Ton mensonge m'a troublée, les enfants savent qu'ils peuvent mourir très tôt, eux aussi. Tu ne mentais qu'à toi-même qui ne pouvais supporter l'idée de ma mort. Et moi, j'ai cru que derrière ces mots se cachait quelque chose de plus cruel que la mort.

Je mens à mon tour pour te rendre la vie plus belle, comme toi, pour te protéger, comme toi, je n'ai d'autre choix que de tricher un peu. Je suis devenue ta mère, puisque je suis acculée à ce rôle. Et si on faisait une trêve ? Si on se réjouissait parce que c'est Noël ?

Tu ne sais pas ?

Tu ne m'a pas appris.

Je ne sais pas trop, non plus, être heureuse.

Allez, on essaye ?

Je répète : « Maman, ce soir, c'est Noël, c'est la fête ! Allez, on va se préparer, les invités vont arriver. »

Préparatifs de Noël

Je lui ai prêté une jolie blouse en soie imprimée panthère, elle aime bien les imprimés panthère. Mais, déception, Maman est perdue dans les volants, le décolleté laisse apparaître un petit cou trop fin, trop long, rougi par les rayons X. La blouse ne lui va pas.

Elle dit : « Moi, je n'ai jamais été malade ! » Alors qu'elle a passé des années à se plaindre, à répéter : « Avec tout ce que j'ai subi… »

Ses poignets flottent, les volants ne lui vont plus, ils accusent sa maigreur.

« Ne jamais chercher à faire plus jeune que son âge », répétais-tu…

Pardon, excuse-moi. Je lui passe des colliers pour couvrir sa gorge, mais rien n'y fait, les brûlures apparaissent, cruelles, entre les rangs de perles qui tombent trop bas et lui donnent un air déguisé.

Tu n'as pas mis de collants ? La peau de ses jambes est blanche, craquelée comme une terre aride et desséchée. Tu râles, tu n'as pas envie de mettre tes bas, trop difficiles à enfiler. Cela te rend de mauvaise humeur, tu laisses échapper un geste d'agacement, du genre je serais mieux toute seule chez moi, sans bas et sans contraintes, je suis trop vieille pour ça. J'insiste. Tu résistes : puis, bonne fille, tu entames un demi-tour, mais tu ignores où est ta chambre.

Quand maman ne trouve pas sa chambre, c'est qu'elle veut me dire quelque chose, généralement son mal-être ou son inquiétude. Cette fois, c'est son affolement parce qu'il y a des invités et parce que, après Noël, elle doit repartir. C'est beaucoup pour elle. Le monde, l'habillement, le départ.

Je sais. Maman est une encyclopédie antisagesse.

Alors, je pose ma main sur son épaule, je la dirige vers la bonne direction, doucement. Mais elle hurle, elle dit que je l'ai poussée, elle dit qu'elle a failli tomber à cause de moi, elle est au bord des larmes.

« Fais attention, je ne peux pas marcher vite, moi ! Veux-tu que je te rappelle l'âge que j'ai ? »

Je sais. Et tu n'es pas vieille. Mais je ne te le dis pas, cela risque de te fâcher de ne pas être vieille.

Je marche derrière elle, j'avance un pied devant l'autre, un pas puis un pas, j'oublie à chaque fois que l'on peut marcher si lentement. Trente-huit centimètres à l'heure.

Je lui enfile une de ses vestes noires au col rond et

aux poignets retroussés sur le chemisier ; elle paraît moins maigre ainsi boutonnée jusqu'au cou.

La veste lui donne l'allure d'une femme dynamique, elle qui n'a jamais travaillé, jamais franchi le seuil d'un bureau, elle qui n'a jamais reçu de feuilles de salaire, signé de traites. Elle qui n'a jamais pris de décisions. Un jour, j'étais enfant, j'ai entendu mon parrain affirmer que les jolies femmes ne restaient jamais « en bas ». J'étais jeune, mais je craignais d'avoir compris ce qu'il voulait dire et quelles injustices il soulevait. Je me demandais en regardant maman si belle, si elle avait bénéficié de sa beauté, si elle n'avait jamais travaillé parce qu'elle était belle et qu'il y avait toujours eu un homme, mon père en l'occurrence, pour travailler pour elle.

Très tôt, j'ai su que je ne serais jamais ce genre de femme. Je travaillerais, je quitterais ce pays où elles n'avaient pas accès aux études supérieures. Mais je portais l'héritage. On me disait « belle comme elle ». Je ne me le suis jamais avoué, je n'en ai jamais profité. Par contre, j'ai subi la jalousie de certaines dont je voulais être aimée. Être étiquetée comme « jolie fille », avec toutes les restrictions que cela suppose, c'était déjà pas mal, j'aurais dû m'en satisfaire selon l'oracle maternel. Françoise Giroud, au cours d'un déjeuner chez elle, m'a dit : « On vous a collé une étiquette, c'est difficile d'enlever une étiquette, mais vous y arriverez. »

Je ne me suis jamais résolue à être ce que les autres avaient décidé que je serais. Maman a-t-elle cédé à la volonté des autres ? À leur étiquetage ? À moins que la volonté de contredire, de montrer, de prouver ne lui ait manqué ? À la mort de mon père, j'ai tenu tête à son associé qui me conseillait de « trouver un bon mari », et à ma mère qui, à cause de la fragilité de sa situation, ou du peu de confiance qu'elle faisait aux femmes, ne le détrompait pas.

« Tu n'as pas un peu forcé sur le rouge à lèvres ? »

Je lui tends un mouchoir en papier, elle le pince entre ses lèvres, typique geste de coquette. Je me rappelle l'avoir vue mordre ainsi un mouchoir en se regardant dans le rétroviseur de sa Floride blanche et rouge décapotable.

– On y va ? les invités vont bientôt arriver !

– Qui vient dîner ?

J'ai répondu cinquante fois à cette question : je répète pour la cinquante et unième fois, parce que c'est Noël et que je me suis promis d'être une gentille fille :

– Ton gendre, les enfants, mon beau-fils, sa fiancée, qui m'a demandé si elle pouvait amener sa maman et son frère qui étaient seuls ce soir.

– Ah ?

Elle se passe les deux mains sur le visage d'une étrange façon, comme quelqu'un qui s'étouffe et qui voudrait enlever le voile qui lui couvre le visage.

Tu n'as toujours pas mis ton collant. Elle penche la tête comme si elle me suppliait de l'en dispenser. « Mais c'est moche, maman, une robe sans collant. Puis on est en hiver, dans cinq minutes tu auras froid. Ou alors enfile des collants en laine, c'est plus confortable. » L'idée lui plaît, en avant pour la laine. « Tu vas y arriver ? » Elle me dit : « Oui, bien sûr », avec un reste d'orgueil dans l'intonation. Mais comment enfiler des bas avec un seul bras ? Alors que l'autre bras pend, paralysé par les rayons.

Je m'agenouille ; je ne sais pas pourquoi c'est si dur pour moi d'aider ma mère. La plupart de mes amies embrassent leur mère, se réfugient dans leurs bras. Pas moi. Elle est là, avachie, dépendante, amoindrie, et je n'y arrive pas.

Je n'ai jamais vraiment parlé avec elle. Je me souviens d'elle comme d'un mur qui ne renvoyait pas la balle. Cette fois, c'est définitif. Ce n'est plus sa faute. Cette fois, je dois pardonner. Cette fois, maman est malade, elle n'a plus les moyens de s'intéresser à moi, de s'enquérir de la mention au bac de son petit-fils, de se réjouir de mon roman achevé, de tout ce qui me tient à cœur.

Et je me demande si ce n'est pas encore sa bénédiction que je cherche dans le regard des autres. Si ce besoin d'affection, comme un puits sans fond, ce n'est pas à cause d'elle que je le trimbale.

Peut-être que c'est au téléphone que l'on s'est le mieux entendues.

Au téléphone, débarrassées de nos corps, de nos présences ; juste des voix.

Une attention, forcément plus concentrée. Au téléphone, tu as été une mère parfois. Sauf quand tu m'appelais pour me dire que tu étais seule et que je m'interdisais d'être heureuse par solidarité. Tu le savais. Parfois je te suppliais d'arrêter juste un soir de me le répéter, juste un soir, pour que je ne m'endorme pas avec une boule brûlante dans la poitrine qui m'empêchait de respirer. Mais, comme les enfants, tu ne sais pas garder pour toi, tu parles même si cela blesse, tu te débarrasses des mots mauvais, tu les déverses si cela te chante ou te soulage et tu m'oublies.

Tu m'as empêchée d'être insouciante, à moins que je ne me le sois pas autorisé ?

Il ne te reste que moi.

Une jupe.

Oui, une jupe plus longue maintenant que les bas sont enfilés.

Des bijoux ? Non, les colliers sont trop lourds pour ton cou, et puis ils t'embarrassent. Tes bagues ? Je te les garde au fond de mon coffre. Trois bagues un peu noircies. La bague fleur en rubis sang-de-pigeon dont il manque une pierre te fut offerte par un amant chasseur, ami de papa. Comment s'appelait-il déjà ? Vincent, c'est ça. Je revois son visage un peu rouge d'homme qui aimait le vin et la vie. La marquise, tu te l'étais offerte en deux fois, tu avais trouvé ingénieux d'ajouter un rang de saphirs autour des diamants pour l'agrandir. Il y a aussi dans ton petit tas de trésors un collier en or au fermoir cassé, un autre en platine trop démodé pour être porté, une parure en diamants et corail « peau de pêche… », comme tu aimais le préciser. Porter tes bijoux ? Porter sur moi tout ce passé ? Porter la bague fleur, un peu trop haute à mon goût, montée avec des diamants navettes achetés au détail, porter tous ces souvenirs ? Porter tes amants, les exhiber, me réjouir de ce qu'ils t'ont offert, me réjouir de tes trahisons ? Est-ce possible, même si tu avais tes raisons ? J'ai enfilé le bracelet à breloques qui me fascinait enfant, la bague marquise et la bague fleur et je les ai tout de suite enlevés. Tes mains étaient là, au bout de mes bras. Je voyais tes gestes, les gestes de ton passé, je revoyais les taches sur le dessus de tes mains : « fleurs de cimetière », l'expression m'avait marquée, aujourd'hui les mêmes « fleurs » commencent à apparaître sur les miennes. Je ne peux porter que la bague ronde que papa t'avait offerte pour la naissance de ma sœur. Parce que c'était pour elle.

J'accepte alors le souvenir de tes ongles peints, qui prolongent mes mains. C'est étrange d'avoir tes mains. De dire le bras tendu : « C'était à ma mère. » Comme un ancrage.

Ce soir, tu veux mettre tes bijoux ? Ils sont où ? Dans mon coffre, ils sont rangés dans une trousse de toilette en plastique qu'Annie m'a confiée, pour te protéger des voleurs.

Tu as perdu la petite huître avec une perle que tu accrochais à tes chemisiers. Tes plus beaux bijoux ? On les a donnés à Corinne, en même temps que je me suis désistée de la maison en Espagne. Elle divorçait, on voulait qu'elle soit à l'abri, comme tu disais. Tout cela appartient à ta petite-fille maintenant qu'elle est morte. Parfois, tu pleures parce qu'elle ne t'appelle jamais, même pas pour te souhaiter la bonne année. Tu dis : « Heureusement, Corinne ne le sait pas. »

Voilà, je te mets ta parure en corail peau de pêche… Regarde comme tu es belle. Mais tu préférerais que je la porte ? La prochaine fois.

– C'est quand Noël ?

– Ce soir.

– Qui vient ?

Je recommence.

– Cela fait du monde.

– Oui.

– Non, pas les bottes fourrées, les petites ballerines en vernis.

Voilà, tu es très élégante. Tu tournes sur toi-même pour bien me montrer combien tu es élégante.

– J'ai une jolie peau, tout le monde me le dit au Sun Beach.

Je ne lui fais pas remarquer qu'elle ne met plus de crème, que le rouge à lèvres demeure son unique geste de coquette. Quand elle entend le mot « dîner », elle sort son vieux tube, une couleur prune trop sombre pour elle, qui lui durcit les traits et creuse ses rides autour de la bouche.

– Allez viens, on va au salon.

Noël avec ma mère

La possibilité que ce soit le dernier Noël avec ma mère traverse mon esprit. Nous devions aller chez elle au Maroc, mais j'ai cru comprendre, faiblement, tous ses désirs sont faibles, que c'était à Paris qu'elle voulait être : « Dans une maison de famille avec un sapin et des enfants. »

Je lui rappelle que jadis, elle refusait de venir, qu'elle aurait pu passer chaque année Noël à la maison.

Elle en convient : c'était Henri qui ne voulait pas se déplacer. Maman ne laissait pas Henri. Henri est l'homme qui succéda à René. Le dernier homme de ta vie. Parfois, elle prononce son nom, mais la maladie aide à oublier la disparition.

Protection ? Non. Madame antisagesse n'est pas du genre à s'épargner. Force de son psychisme ? Non, elle n'a jamais été très forte de ce côté-là.

– On est en avance, dit-elle.

Elle se relève puisqu'elle ne tient pas en place.

– Tu ne veux pas qu'on parle un peu ?

L'envie d'une longue conversation avec ma mère demeure-t-elle pour toujours insatisfaite ? Je ne parviens pas à m'y résoudre.

Comme beaucoup d'enfants, j'ai raté le coche, la maladie de ma mère m'a devancée, il y a des questions que je n'ai jamais posées, des choses que je ne saurai jamais, il est trop tard.

J'ai allumé les bougies parfumées, ravivé le feu dans la cheminée, tapoté les coussins, regonflé les rideaux, vérifié la table, mes santons achetés au marché de Noël lors d'une signature à Strasbourg sont rassemblés au centre, et sur les assiettes quelques surprises dorées. Un menu classique, foie gras, volailles, pas de dinde, personne n'aime la dinde chez nous.

Maman tourne autour de la table et dit : « C'est joli », mais elle repart aussitôt vers sa chambre. Son refuge.

– Tu veux que l'on commence à faire ta valise ?

– Pourquoi, je repars ?

Et son front se couvre d'une multitude de petites rides.

– Viens, on va préparer ton sac, y ranger ton portemonnaie, tes clefs, tes bonbons, ton mouchoir et ton passeport. Où est ton passeport ?

Je cherche dans son sac, un sac en vernis noir, comme un petit seau, que je lui avais offert, il y a quelques années déjà, parce qu'elle pouvait y plonger les mains sans s'embêter avec des fermetures compliquées. Pas de passeport, le sac est plat, vide, mis à part quelques dirhams, des caramels et un mouchoir en papier.

Il n'est pas là. Le visage de maman retrouve le masque de l'angoisse comme s'il n'attendait que ça. On va chercher dans le tiroir du bureau : pas de passeport, dans la poche du manteau, pas de passeport.

On remue toute la chambre, on secoue les couvertures, on enlève les coussins, rien. Ta valise ? Je l'ai prêtée à mon fils, parce que je l'avais sous la main et qu'il n'avait pas le temps d'attendre que je grimpe sur l'échelle pour en chercher une autre. Mais j'ai vérifié auparavant, elle était vide, j'en suis sûre. Sûre, enfin comme on peut l'être rétrospectivement. Peut-être ai-je oublié une poche.

Maman pleure parce qu'elle ne peut plus partir, elle qui pleurait, il y a quelques instants à peine, parce qu'elle devait partir.

Elle m'accuse, le doigt pointé sur moi, elle jure qu'elle m'a donné ses papiers et que je les ai rangés dans mon bureau. Elle jure. Elle pleure, tout est ma faute, c'est moi qui ne me souviens pas, elle pointe le doigt sur moi, longtemps. Je la retrouve bien là. Amer parfum de l'enfance.

Non, maman, le passeport n'est pas dans mon bureau puisque tu ne me l'as pas donné. Elle jure encore, elle jure sur ma tête, « sur tout ce qu'elle a de plus cher au monde » qu'elle me l'a donné.

Ne jure pas maman, mais elle jure de plus belle. Elle a pris des couleurs, ses cheveux sont en bataille et, malgré ses souliers vernis et ses boucles d'oreilles en corail peau de pêche, elle a vraiment l'air dérangé.

Je la calme, je lui raconte que tout va bien, que de toute façon, même un soir de Noël, c'est facile de se procurer un autre passeport. Oui, c'est un jeu d'enfant. Elle écoute, elle me croit, elle s'apaise.

Elle a semé le trouble dans mon esprit. Et si elle avait raison ? Tout le monde est réquisitionné, la maison n'est plus qu'un champ de bataille, je cherche tout en appelant Orly, je demande les objets trouvés. Je téléphone à la compagnie de taxis, personne ne répond, on est le soir de Noël, c'est vrai. Finalement, on me rappelle. Aucun véhicule n'a déposé de papiers oubliés. Je dis à maman : « Alors, tu restes avec nous… ! » Mais la plaisanterie ne passe pas. Elle n'est pas contente, elle ne veut plus rester. Surprenante maman, comme si elle voulait toujours le contraire de ce qu'elle vivait.

Je l'assois dans un canapé, je vais tout arranger, si le passeport n'est pas ici, il est dans sa valise et la valise est restée à l'internat... Je téléphone à la SNCF, le prochain train est dans quarante minutes, mais si je pars, je ne passe pas Noël avec maman, toute cette organisation, tout ce déplacement pour rien. Et ma mère qui doit prendre l'avion demain, tout est organisé, trop compliqué à annuler.

Un de mes fils et mon mari décident d'aller chercher la valise à ma place. Il faut faire vite, le train va partir ; la soirée comme je l'avais prévue, avec la famille au complet, est fichue. Le dernier Noël avec maman. Les invités arrivent dans quelques minutes. Je donne deux sandwichs et quelques marrons à mes hommes, ils vont passer Noël dans le train, je suis désemparée, je les embrasse, je dis joyeux Noël en riant pour ne pas pleurer et ils disparaissent dans les escaliers. Quelques minutes plus tard, la sonnette retentit, je me redresse, j'ouvre la porte sans trop savoir quoi dire. Quatre grands sourires, les bras pleins de paquets prêts pour la fête entonnent : joyeux Noël !

Joyeux Noël. On s'embrasse, je vais poser les cadeaux sous l'arbre, la cérémonie des cadeaux, c'est après le dîner, tout le monde approuve, c'est toujours ainsi que cela se déroule. On se dirige vers le salon, maman est seule, assise dans un fauteuil trop grand pour elle. Le feu crépite dans la cheminée. C'est bon, l'odeur du feu et des bougies parfumées. Les regards se font interrogatifs, l'atmosphère n'est pas à la fête. Il va falloir expliquer. Je me lance, je résume.

Maman se lève, tourne sur elle-même, comme si elle cherchait quelque chose, comme si de rien n'était. J'ai les yeux rivés sur le téléphone, j'offre du champagne, je demande des nouvelles aux uns et aux autres, j'écoute leurs réponses, je tente de cacher mes contrariétés.

Maman : Ils seront là pour dîner ? Je ne crois pas… Ils ont trouvé le passeport ? Pas encore. Tiens, prends du champagne. Maman qui aimait bien un verre de temps en temps ne boit plus. Quand je ne lui donnais pas assez de vin, elle prétendait que son « médecin lui recommandait deux verres le soir », et ajoutait : « C'est le meilleur des médicaments… »

L'année dernière, j'avais sauvé son séjour à coups de vin blanc. Le sauvignon fut son médicament. Le seul qu'elle acceptait. Deux, trois verres par soirée et la vie était plus gaie.

Ils sont dans le train pour Lille. Stupéfaction. Maman flotte, elle tente de retrouver des airs de femme du monde. Elle dit : « Je ne vais pas refuser une coupe de champagne… »

Je veux sauver le réveillon, peut-être le dernier avec maman. À cette idée, ma gorge se serre, j'ai du mal à engager la conversation sur la vie, sur ce qui préoccupe les gens normaux un soir de réveillon : le vin, la fête, les vacances, neige ou soleil, mer ou campagne. Je m'inquiète, je surveille, j'appréhende.

Maman se concentre, elle fait des efforts pour rester avec nous, elle s'efforce d'écouter, d'y trouver un intérêt. Mais son regard s'échappe, elle fugue ; elle est là et puis ailleurs, quelques échappées sur le châle, sur la bougie, sur les fleurs et elle repart... Maman ? Elle sursaute comme si je la réveillais ou si je la dérangeais. Je tente de la ramener avec nous, mais elle résiste, elle n'aime pas que j'aille la chercher là où elle est. Alors elle se rabat sur le chien, comme si seuls les animaux la comprenaient. Brownie monte sur ses genoux, petit regard victorieux de maman, du genre : vous avez vu comme elle m'aime ! ou encore, vous avez vu, c'est moi qu'elle préfère !... Elle la caresse. Tu n'aimais pourtant pas les chiens quand j'étais petite, tu fichais toujours dehors mes chiens et mes chats : « Les animaux doivent vivre à l'extérieur. » J'avais peut-être exagéré en amenant mon sanglier dans ton salon. Sûrement.

Maman se fiche de ce que l'on dit, je ne la regarde pas trop, elle peut s'énerver et me rabrouer d'un « fiche-moi la paix » ou encore : « Arrête de me surveiller... » Je la laisse un instant dans son monde.

Tu caresses la tête de Brownie. Soudain, tu lui

parles à haute voix et tout le monde se tait pour t'écouter.

En fait, tu n'aimes rien vraiment, c'est ton naufrage et ton sauvetage à la fois. Ta prison et ta liberté. Tu n'as besoin de personne. Tu t'es débarrassée du besoin d'être aimée. Peut-être même de celui d'aimer. Tu souris, tu as oublié l'histoire du passeport. Je ne pense qu'à ça, aux dizaines de coups de fil que je vais devoir passer pour décommander le transport des personnes âgées, tes infirmières, les billets d'avion, l'hôtel à la montagne, je pense à la déception des enfants.

Tu es là, dans ton fauteuil, un châle violet sur les épaules, le chien sur tes genoux, tu regardes les flammes de la cheminée danser, tu ne finis pas ton verre de champagne, mais tu es là et c'est Noël et tu as l'air bien, ici et ailleurs à la fois.

Le téléphone sonne. Je ne laisse rien paraître de ce que je suis en train d'entendre. Arrivés dans le collège, ils ont gravi les escaliers, ouvert la chambre et la valise : pas de passeport. Ils sont allés à Douai le soir de Noël pour rien. Le passeport a disparu. Il faut annuler les vacances. Je raccroche. On va passer à table ? Oui, on n'attend pas.

À table…

À peine assis, la conversation s'emballe, ton visage se tourne de droite à gauche, les phrases défilent, impossible de les rattraper, d'arrêter la conversation. On te pose une question, tu ne sais pas quoi répondre, tu me regardes, alors je parle pour toi. On m'écoute comme si j'étais toi. Tu adores que je devienne la partie de toi que tu ne sais plus être.

Tu aimerais bien que l'on reste ainsi, toi silencieuse et moi qui parle et qui agis. Tu aimes l'équipe que nous formons, ce paravent qui se superpose à toi. Tu es en difficulté ? Je te viens en aide. Vous habitez où ? Ou pire : vous avez connu les Untel ? Tu ne sais pas toujours qui tu as connu. Tu dis non, tu dis oui. Tu m'appelles au secours. Il y a des gens qui s'effacent, d'autres qui restent, quels critères de sélection opères-tu ? J'aimerais bien savoir. Il est possible qu'il y ait des gens qui ne méritent pas d'être retenus, des gens qu'il faut effacer, des mauvaises rencontres, des rencontres décevantes… des imbéciles, des prétentieux, des imposteurs. Tu as fait ton ménage. Tu as l'air heureux ainsi, tu observes le sapin. Après la bûche, on se donnera les cadeaux. Drôle de Noël, il manque deux de mes hommes, je fais tout ce que je peux pour dissimuler mon téléphone sous ma serviette brodée, je lis mes SMS : « Pas de train de retour, on rentre en taxi, on sera là vers une heure et demie du matin… » Je découpe la bûche aux marrons glacés. Qui aime les marrons glacés, qui veut des marrons ? Tu adores les marrons, je t'en ai mis une grande boîte dans ta valise... Il faut décommander les vacances... Je savais que tu aimerais le pull en cachemire rose, tu dis : « Je n'en ai jamais eu d'aussi beau » au bord des larmes, pour faire ta malheureuse, celle à qui on n'offre jamais rien, les invités me regardent, ils ne te croient pas...

Tu es assise sur ton fauteuil devant le sapin illuminé, les genoux couverts de papiers brillants. Je donne à chacun son cadeau, chacun me répond par un autre cadeau, c'est la tradition. On rend, comme si c'était insupportable de recevoir. On récolte plein de choses inutiles. Les papiers de toutes les couleurs tapissent le sol, la soirée ressemble presque à un vrai Noël.

Je remplis le silence de la consternation, le silence de la timidité de part et d'autre. Je dois m'absenter, décommander l'organisation qui demain devait prendre en charge maman : notre hôtel et nos billets... Je m'excuse... j'ai fait ce que j'ai pu... pas assez.

Ils comprennent, ils me plaignent un peu, imaginent les dizaines de coups de fils « urgents » que je dois donner. Je les embrasse, joyeux Noël. Je raccompagne maman dans sa chambre. « Tout va bien ? » Oui, tout va bien et le passeport ? C'est arrangé. Tu l'as retrouvé ? Non, mais c'est arrangé quand même ; « arrangé », le mot magique…

Je m'installe derrière mon bureau, je me dis que j'ai oublié la musique, j'aurais dû mettre de la musique, Callas ou Sinatra aurait parlé pour moi, *Strangers in the Night*, ce que nous étions un peu les uns pour les autres, ce que nous sommes toujours… Noël aurait été plus joyeux avec Frankie, toujours mon esprit de l'escalier et cette façon de regretter quand cela ne sert à rien. L'année prochaine on écoutera Frankie, « *Inch'Allah* ». Si Dieu veut. À nouveau, l'idée que ce sera le dernier Noël avec ma mère, ma mère avec sa tête, me traverse l'esprit. Qu'elle sera peut-être là, mais plus là quand même. Et que, malgré cette tragédie, il faudra continuer à être une mère, une épouse, à me lever le matin, continuer.

Tant mieux si le passeport a disparu, je ne veux plus qu'elle parte.

Je décroche le téléphone et, pendant que je compose le premier numéro, celui de cette dame chargée de venir la chercher le jour de Noël, mon regard se fixe sur le coffre de l'entrée : un meuble massif, sans intérêt, sauf qu'il décorait notre maison de Normandie et que je n'ai pu m'en défaire à cause d'un sentimentalisme idiot qui me lie aux objets.

Soudain, je me lève, je fonce vers le coffre, le pousse

sur la gauche de toutes mes forces, mais ma main ne passe pas, je tire dessus, parviens à le décoller du mur, juste de quoi glisser mes doigts, mais pas assez ; je m'arc-boute, le coffre bouge, je passe mon bras et je sens là, le passeport de ma mère !

Mes hommes ont pris, le soir de Noël, un train pour Lille, tandis que le passeport était là, à deux mètres de nous ! Pourquoi rien ne peut se passer simplement entre maman et moi ? Quel mauvais génie a caché ses papiers derrière le coffre de l'entrée ?

Encore un coup du sort ? L'histoire du vase cassé le soir du mariage qui recommence.

On a du mal à être heureuses ensemble. Je ne sais pas pourquoi. On n'y arrive pas. Même quand on le veut l'une et l'autre.

J'aurais dû penser que lorsqu'elle a jeté son manteau dans l'entrée, les papiers ont glissé. J'aurais dû y penser. Je n'y ai pas pensé. Mon fils et mon mari sont dans un taxi, conduit par un malheureux qui travaille le soir de Noël. J'espère qu'ils se sont arrêtés dans un troquet sur la route et qu'ils ont trinqué, ensemble.

Coupable qu'elle reste. Coupable qu'elle parte.

La culpabilité est ma seconde nature.

Maman, qui a pleuré quand je lui ai dit qu'elle allait rester, pleure maintenant que je lui annonce qu'elle va pouvoir partir.

L'insatisfaction est sa seconde nature.

Nous étions faites pour nous entendre.

Les larmes de mère

Les pleurs de ma mère me sont insupportables.

Cette fois les larmes ne proviennent pas de cette petite rivière qui coule à fleur de peau. Cette fois, elles viennent de loin.

Elle est toujours malheureuse quand elle part, quand elle quitte, dans un sens ou dans un autre. Personne n'est en cause. Elle sanglotait au départ de Casa.

Je résiste. Je l'ai tant vue pleurer, cela m'a tant bouleversée enfant, étudiante et encore aujourd'hui.

Ses larmes me durcissent. Je résiste. Je ne veux pas qu'elle m'entraîne.

Cette fois, il y a de quoi. Elle scrute mon regard comme si elle voulait y trouver du chagrin. Ses yeux me disent que, cette fois, ce n'est pas de la comédie ni du luxe, cette fois, c'est le triste message: « Je pars et tu ne me reverras peut-être plus. »

Ma sœur me manque pour trouver la repartie qui

dédramatise. Ma sœur en trouvait dans toutes les situations, elle me disait, je veux rire, je veux être légère. Mais tu ne m'as pas appris la légèreté, surtout pas celle du départ. Une inquiétude dont on ne s'est jamais défait, comme une guigne, une poisse. Partir, c'était abandonner, perdre. La moindre séparation, la moindre distance à parcourir, que ce soit en voiture, en train ou en avion, et les tourments recommençaient.

Je dormais avec tes chemises de nuit en boule serrées contre moi, celles que tu avais portées et qui sentaient maman, comme si je voulais retenir quelque chose de toi qui, inexorablement, s'enfuyait…

Je cherche une idée drôle pendant qu'elle tourne sur elle-même comme une toupie. Tu piques parce que tu ne t'épiles plus le menton ! Là, je décroche un petit sourire. Elle dit que lorsqu'on vieillit la barbe pousse alors qu'on perd ses cheveux. Elle a toujours aimé se moquer d'elle. Les poils l'ont toujours fait marrer. La moustache, la barbe, le poil aux jambes. Et les rimes : « Nous irons, poil au menton. Tu verras, poil aux bras. J'ai le temps, poil aux dents, à bientôt, poil au dos… » Elle pouvait interrompre une discussion avec ce genre de plaisanteries. Tu as raison ! Les discussions sérieuses ne servent à rien. Il y a la vie, c'est tout. Tu me disais : « Ne sois pas trop exigeante avec moi. »

Mes larmes coulent. Des flots de larmes à l'intérieur de moi. Des larmes qu'elle ne voit pas.

Dehors, je souris un peu, trop, je risque de semer le doute.

– Tu reviens à Pâques !

– C'est loin Pâques ?

Je raccourcis, je rabote le temps entre la naissance du Christ et sa résurrection.

– Dans quinze jours, si tu veux…

Quinze jours ?… Elle compte…

Je dis :

– C'est bien de retrouver ta maison, Aïcha, Zoubida, elles sont gentilles avec toi.

Maman tient serré contre elle son petit singe beige et devance mes reproches : « Si ça me fait du bien, à moi, de croire que ma peluche est vivante ? Vous ne savez pas ce que c'est d'être seule. »

C'est vrai, maman. Garde Finette serrée contre toi, si cela te fait du bien. On se fiche des autres et de ce qu'ils pensent. Pour Pâques, je te couvrirai de nounours, de lapins, d'écureuils tous très doux et avec des têtes sympathiques. Tu verras, on en garnira ton lit et tes oreillers.

Quinze jours.

– C'est combien, quinze jours ?

– Quinze jours, c'est dix jours plus cinq, c'est une semaine plus une semaine. C'est assez peu en fait !

Maman sourit.

– Je peux revenir dans quinze jours !

– Oui, bien sûr.

Il est possible que la maladie atténue la peur du voyage, que les craintes en tout genre soient elles aussi pacifiées. Je l'espère.

– La prochaine fois, Aïcha t'accompagnera.

– Non, Zoubida, Aïcha est mariée.

– Tu as raison.

Après cet effort de mémoire, la ritournelle s'enclenche :

Pour la cent cinquantième fois : Qui vient me chercher ?

Deux cents fois : À quelle heure je pars ?

Mille fois : N'oublie pas de me donner de l'argent…

J'ai la tête qui tourne.

Maman me fait un petit signe de la main, comme les enfants, sa main cache son visage, puis son visage réapparaît, les larmes ont envahi son regard.

Elle était blonde.

Elle conduisait vite une Dodge Dart décapotable.

Elle me dictait « la poule et ses poussins » sur la

table de la salle à manger en se levant souvent pour surveiller le dîner.

Elle chantait *Stormy Weather* sans comprendre les paroles en anglais.

Elle disait : « *I don't know why, there is no sun in the sky…* »

Elle ondulait en faisant du houla-hoop.

Elle relevait ses cheveux en chignon banane.

Elle m'achetait des poupées à Noël et m'habillait comme ma petite sœur.

Elle jouait au tennis et au bridge.

Elle ne joue plus à rien.

Elle aimait expliquer ses recettes de cuisine en commençant par « c'est facile… ».

Elle dort, ou elle attend assise sur son lit, je ne sais quoi.

Elle est désormais une flamme vacillante, elle se nourrit seule, mais le regard fixe, elle se perd dans un appartement, elle demande « quel jour on est ? ». Elle s'habille parce qu'on la force.

Sa frénésie de plaire, de se maquiller les lèvres, d'acheter des légumes au Maârif, de rallonger son vison blanc est passée.

DU MÊME AUTEUR

Aux Éditions Albin Michel

LE COLLECTIONNEUR, 1993.

L'ÂME SŒUR, 1998.

L'ATTENTE, 1999.

J'ÉTAIS L'ORIGINE DU MONDE, 2000.

FRINGUES, 2002.

LE SILENCE DES HOMMES, 2003.

LA MÉLANCOLIE DU DIMANCHE, 2004.

DEUX FOIS PAR SEMAINE, 2005.

PETITES PHRASES EN CAS DE TEMPÊTE... ET PAR BEAU TEMPS AUSSI, 2007.

LA VIE M'A DIT..., 2009.

N'OUBLIE PAS D'ÊTRE HEUREUSE, 2009.

LE COLLECTIONNEUR (en collaboration avec Olivier Orban), théâtre, 2010.

Chez d'autres éditeurs

LES PETITES FILLES NE MEURENT JAMAIS (sous le nom de Christine Rheims), éd. Jean-Claude Lattès, 1986.

LE FIL DE SOI, éd. Olivier Orban, 1988.

UNE ANNÉE AMOUREUSE DANS LA VIE DE VIRGINIA WOOLF (sous le nom de Christine Duhon), éd. Olivier Orban, 1990.

LA FEMME ADULTÈRE, éd. Flammarion, 1991.

UNE FOLIE AMOUREUSE (en collaboration avec Olivier Orban), éd. Grasset, 1997.

UNGARO, éd. Assouline, 1999.

Composition IGS-CP
Impression CPI Bussière en décembre 2010
à Saint-Amand-Montrond (Cher)
Editions Albin Michel
22, rue Huyghens, 75014 Paris
www.albin-michel.fr

ISBN 978-2-226-21866-7
N° d'édition : 19585/01. – N° d'impression : 103411/4.
Dépôt légal : janvier 2011.
Imprimé en France.